나는 나에게
좋은 사람이고 싶어

나는 나에게
좋은 사람이고 싶어

라비니야 글·그림

STUDIO:ODR

나의 행복에 집중하기

나는 행복에 대해 지나친 낭만을 갖고 있었다. 주어진 환경의 개선과 완벽한 타인과의 만남이 행복을 이루어줄 것이라 믿었다. 그러나 그 믿음은 내가 만든 조건이었을 뿐 그 허들을 넘는다고 해서 행복이 보장되는 건 아니었다.

어른이 되어 선택의 자유가 주어지면 행복해질 거라는 기대는 막연한 낙관이었다는 사실을 깨달았고, 고향을 떠나 시작한 서울살이는 만만하지 않았으며, 호감 가는 이성과의 연애가 마음을 온전히 채워주지도 않았다.

내가 만든 행복의 조건은, 그 기준에 도달하지 못한 현재를 부정하고 무력감을 느끼게 했다. 이 무력감이 나를 회의적인 사람으로 만들었다. 그 시절 나는 지금의 모습과 다른 미래를 상상하며 자신을 위로했다. 미래에 유명한 작가가 된다면, 경제적인 안정을 이룬다면, 좀 더 나은 집에서 산다면 행복해질 것이라는 믿음은 불안정한 현재를 견딜 유일한 힘이었다. 아직 오지 않은 미래는 늘 지금보다 충만하고 그럴듯했다.

꿈꾸는 미래에 가닿기 위해 무던히 애쓰고 인내하던 때, 글쓰기 공모전에서 투고와 낙선을 반복했고, 다니던 회사에서는 경영난으로 해고 통보를 받았다. 회사를 더 이상 다니지 못하게 됐을 땐 생활비를 벌기 위해 알바를 전전했다. 이때 나는 노력에 상응하지 않는 현실에 좌절하며 혼자만 세상의 불행을 떠안은 것처럼 아파하고 자책했다.

그즈음 습관적으로 SNS를 통해 타인의 삶을 구경했다. 남들 사는 모습을 나와 비교하며 한탄하던 어느 날, "아, 나는 타인의 삶을 구경하기만 할 뿐 단 한 번도 나의 현재에 집중한 적이 없구나"라는 사실을 불현듯 깨달았다. 뇌리를 스친 그 생각은 그간 내가 믿어왔던 행복의 기준을 와해시켰다. 오지 않은 미래를 상상하며 스스로를 위로했을 뿐 나는 내 힘으로 행복해지려는 의지와 노력을 하지 않았다. 내가 지녔던 행복에 대한 낭만이 깨지고 나서야 비로소 난 지금 이곳에서 행복해져야겠다는 결심이 섰다.

현재의 불행은 미래의 누구도 해결해줄 수 없다. 그 불행은 내 몫이며 걱정과 근심도 셀프로 처리해야 한다. 인생의 모든 지점을 스스로 넘어서야 한다는 걸 알고 난 뒤로 나는 자신에게 허용할 수 있는 행복의 사이즈를 체크했다. 그 사이즈의 최대치만큼 매일 행복해지고 싶었다. 회의적으로 세상을 보는 내겐 오지 않은 미래보다 오늘의 행복과 만족이 중요했다. 미래의 막연한 행복을 꿈꾸는 것을 멈추고, 살아 있는 오늘 하루를 뿌듯한 기분으로 마무리하고 싶었다. 내 곁에는 나를 소중히 여기는 이들이 있고, 하루를 견고하게 쌓아갈 수 있는 나만의 루틴과 즐거움이 있으므로 오늘의 행복을 스스로 만들어낼 수 있다는 자신감을 갖게 됐다. 자신감의 토대가 된 것은 시선을 외부가 아닌 내부로 돌린 작은 변화였다.

행복은 바깥이 아닌 내 안에서 독립적으로 이루어야 한다. 물론 세상에는 여러 종류의 문제들이 있고 해결 방법도 제각각 다르니, 시간이 가길 기다리는 것, 어떤 환경에서 벗어나는 것, 누군가를 만나거나 혹은 만나지 않는 것으로 삶의 전환점을 맞이하기도 한다. 그러나 근본적인 문제는 타인의 도움이나 환경의 변화로 해결할 수 없다. 당장은 해결된 것처럼 보여도 후에는 같은 문제를 반복해 겪는다. 내실 있게 행복해지려면 먼저 마음이 필사적으로 원하는 것이 무엇인지를 알고, 부족한 부분을 채워가는 것부터 시작해야 한다. 작은 만족을 이룰 수 있는 힘이 생기면 그 힘이 모여 크고 작은 행복을 만들고 느끼는 기민한 감각이 발달한다.

이 책은 행복에 가까워지기 위해 자신을 들여다보고 관찰하며 기록한 고군분투의 흔적이다. 내가 지닌 어두운 그림자를 드러내고 빛을 쐬며 나아가는 과정이 고스란히 담겨 있다. 일상과 동떨어진 이상과 낭만적 미래를 바라기만 했던 때, 현실적으로 이룰 수 있는 행복의 크기를 발견하는 데 큰 힘이 되어준 건 다름 아닌 글쓰기였다.

글을 쓰는 행위는 내게 고요한 명상과도 같다. 내 안의 제일 약한 부분을 드러내고 단련하는 과정이다. 꾸준히 써 내려가는 한 줄의 문장은 번잡한 고민과 생각의 굴레에서 한 발짝 벗어날 수 있는 여유를 선사했다.

앞으로도 난 서툴지만 무엇이든 써 내려갈 생각이다. 사유하고 기록하는 꾸준함과 글쓰기에 대한 책임감이 있다면 어떤 이야기든 만들어낼 수 있으리라 믿는다. 내가 얻은 소박한 사유의 타래가 행복을 미래로 유예하는 데 익숙해 정작 현재가 불행한 누군가에게 작은 위로가 됐으면 좋겠다.

차례

1장

삶에 반전이랄 게 없다는 걸 알면서도

2장

내가 나를 좋아하게 만드는 법

3장

완벽하지 못한 나일지라도

4장

그럼에도 꿈꾸는 삶

1장

삶에 반전이랄 게
없다는 걸 알면서도

나도 내 길을 모르겠을 때

~~~~~~~~~~~~~~~~~~~~

웹툰 제작 회사를 퇴사한 후 웹툰 스토리 작가로 일했다. 계약한 원고를 마무리하면서 프로젝트가 막바지에 다다랐다. 각색한 웹툰 작업이 끝난 뒤엔 다음 작품의 각색을 진행할 계획이었으나 회사 내부 사정으로 계약이 취소되었다. 계획이 물거품이 되자 프리랜서 입장에서 마음이 조급했다. 달마다 들어오던 원고료가 없으면 생활이 불가능했기 때문이다. 예전에 강사로 일한 적이 있어 학교나 학원 수업을 알아봤지만, 한 달 월세를 내기도 빠듯할 만큼 급여가 적었다. 패스트푸드점이나 편의점 아르바이트생의 시급보다 적은 수업료를 받으며 '선생님' 소리를 들으면 뭐하겠는가. 비어가는 통장 잔고를 보자 앞날이 캄캄했다.

벼랑 끝에 몰린 심정으로 찾은 일이 컴퓨터 강의 보조 강사였다. 메인 강사 곁에서 업무를 보조하는 일이었다. 시급 1만 원, 하루 다섯 시간 근무로 오후 시간을 자유롭게 활용할 수 있다는 장점이 있었다. 월 100만 원 정도를 벌 수 있는 안정감 있는 직장을 얻었다는 사실이 기뻤다. 컴퓨터에 문외한이라 걱정했지만, 수업에 참여해보니 보조 강사의 역할이 크지 않아 부담이 없었다. 남은 시간에 글을 쓰거나 다른 일을 구하면 생활이 가능하리라 생각했다.

근무한 지 사흘째 되던 날, 계약서를 쓰는데 급여 산정 방식이 익월 말 입금이었다. 7월 23일에 근무를 시작했으니 7월 23일부터 31일까지의 급여는 8월 23일에 지급받고, 8월 1일부터 22일까지의 급여는 다음 달인 9월 23일에 입금된다고 했다. 보통 월급을 일한 당월 말이나 익월 초에 지급받는 데 익숙한 나로서는 이해할 수 없는 구조였다. 결국 급여 문제로 보조 강사 일은 고사했다. 때마침 주 1회씩 진행하던 캘리그라피 수업도 줄어들자 생각이 바뀌었다. 돈을 적게 벌더라도 하고 싶은 일을 하겠다던 마음은 간데없이 최소한의 생활비가 간절했다.

이력서를 업데이트할 일은 없을 거라고 호언장담했는

데, 별수 없이 구인 공고 사이트에 접속했다. 딱 1년 만이었다. '어쩔 수 없잖아. 당장 앞으로 어떻게 살 건데?' 냉철한 이성이 속상한 감정을 다독였다. 항복 의사를 밝히는 패잔병처럼 자기소개서를 수정해 입사 지원을 했다. '이렇게 돌아갈 줄 알았다면 경력이나 잘 쌓아둘걸.' 지난 회사 생활이 새삼 아쉬웠다. 다시 회사를 다니면 이번엔 잘 적응할 수 있을까. 두려움이 엄습했지만 그보다 더 무서운 건 불안정한 삶이었다. 숨만 쉬고 있어도 월세, 대출금, 통신료가 나가니 고정 수입이 없는 프리랜서의 삶은 매달 불안의 연속이었다. 이번 달을 무사히 넘겼다는 안도감은 다음 달 생활에 대한 걱정으로 치환됐다.

직장을 다니면 고정 수입이 생긴다. 월급에 반비례해 가중되는 업무에 치여 사는 건 물론 고단하지만 겹겹이 쌓인 생활비에 대한 압박감이 그 두려움을 날려버릴 정도였다. 다시 회사를 다니면 그땐 어떤 삶을 살게 될까. 안정감 있는 수익에서 만족할 수 있을까. 몇 번 다니다 역시 이 길은 내 길이 아니라 여기고 또다시 퇴사할지도 모른다. 이 불확실함은 어째서일까. 이십 대 중반에 접어들면 하고 싶은 일의 윤곽을 뚜렷이 알고, 내 분야에서 열정을 발휘하며 멋지게 살 수 있을 거라 생각했다. 마냥 편안하고 안정감 있진 않지만 적당한 불안감이 오히려 커리어의 발전을 이루는 자양분이 될 거라 믿었다.

불안하지만 근사한 청춘의 나이. 파릇한 싱그러움이 농익기 전의 과도기. 내가 생각한 이십 대 중반은 그러했다. 설익은 열매가 잘 여물기 위해서는 적당한 바람과 비가 필요한 법. 그렇더라도 청춘 드라마처럼 극복 가능한 어려움 정도면 좋으련만. 내가 겪는 불안은 꽤 오래 지속됐고, 닥친 현실은 위태로움의 연속이었다. 당장 다음 달 생활비를 걱정할 처지에 놓인 탓에 앞으로 감당해야 할 삶의 윤곽이 그려지지 않았다. 경제적 어려움도 문제였지만 거기서 유발된 마음의 불안을 잠재우는 게 더 어려웠다. 미래에 대한 불확실함은 현실과 꿈 사이의 간극을 넓혔고, 매일 밤 아침이 오는 게 두려웠다. 오늘과 다를 바 없는 내일을 맞이하는 게 싫어 잠을 이루지 못했던 여러 밤. 다른 이들도 불안 속에서 나름대로 중심을 잡기 위해 애쓰고 있을까. 내가 겪는 불안이 홀로 겪는 불운처럼 느껴지던 시기는 꽤 오래도록 이어졌다. 무기력이 자욱한 안개처럼 끼어 있는 마음 안에서 빗장을 걸어 잠갔다. 툭 털고 일어날 힘이 없었던 난 일부러 그 자리에 머물러 있었다. 스스로 일어나서 중심을 잡을 수 있는 기운을 회복하기까지 충분한 시간이 필요했다.

회사에 가기 전부터 집에 가고 싶고,

직원들과 먹는 점심도 불편하다.

퇴사하고 싶다가도
월급날이 오면 조금 더 버텨봐야겠다고
생각한다.

직장을 벗어나면,
고정 수입이 없어서 불안하지만

어딘가에 매여 있지 않고
자유롭다는 게 장점이다.

완벽한 건 없겠지.
직장인이든 프리랜서든
좋은 점도 있고 어려움도
있기 마련이니까.

직장을 다닐 땐 프리랜서가 부럽고,
프리랜서일 땐 월급이 주는 직장인의
안정감이 그립다.

카페, 미스터리

회사에 다니지 않는 기간 동안에는 글을 쓰고 그림을 그리는 작업을 꾸준히 이어가려 노력했다. 하지만 작업실이 따로 있는 것도 아니었고 집에서는 집중력이 떨어져 일주일에 두세 번은 카페로 출근 도장을 찍었다. 개인 카페는 오래 앉아 있을 수 없어 작업할 때는 프랜차이즈 카페를 선호했다. 특히 강남역 근처에 있는 카페에 자주 드나들었다.

강남역 근처 카페는 매장이 넓은데도 늘 북새통이라 자리 맡기가 쉽지 않다. 창가 쪽, 특히 콘센트가 가까이 있으면서 짐을 둘 만한 여유 공간이 있는 자리를 선호하지만 그런 자리는 나 같은 사람들 모두가 노린다. 그나마 오후보다 오전에 자리를 잡기가 수월해 밖에서 일하기로 마음먹은 날엔 아침 일찍 카페에 가곤 했다.

출근길 지하철만큼이나 북적이는 카페를 둘러보고 있노라면, 전혀 다른 세계가 같은 시공간에 공존하고 있는 것 같았다. 지하철에는 짙은 다크서클과 피곤함에 찌든 사람들이 있는 반면 카페에는 향긋한 커피 향과 여유를 만끽하는 이들이 존재했다. 느긋한 이 시간은 퇴사 후 맛본 희열 중 제일 소중한 경험이며, 출근할 땐 느낄 수 없는 호사였다. 누군가는 회사에서 회의와 업무에 치여 줄담배를 피울 시간에 커피를 마시며(물론 난 커피를 좋아하지 않아 녹차 라테나 밀크티를 마시지만) 느긋하게 일상을 보낸다는 게 행복했다.

이런 여유는 활력을 갖고 일을 하게 만드는 원동력이 되어주었다. 오전에 피곤하면 차를 마시고 낮잠을 자다가 오후에 일을 시작해도 되고, 몸이 무거울 땐 가벼운 맨손체조를 하거나 볕 좋은 산책길을 거닐며 에너지를 충전한 뒤 업무에 복귀해도 눈치를 주거나 압박을 가하는 상사가 없다. 자율적인 시간 배분과 컨디션 조절, 부담 없이 한가로운 마음. 이 모든 것이 프리랜서의 특권이었다.

그런데 카페의 다양한 사람들을 볼 때마다 떠오르는 의

문이 하나 있었다. 도대체 이 많은 이들은 이 시간에 어떻게 여기 있을까? 차를 마시며 책장을 넘길 수 있는 여유를 누리는 당신들은 누구인가? 물어보고 싶은 작은 충동이 일었다. 특히 직장인으로 보이는 연령대의 사람을 보면 궁금했다. 저들도 나처럼 프리랜서인가? 디자이너나 작가인가? 물론 핫초코에 치킨 샌드위치를 먹으며 원고를 읽고 있는 나를 제삼자가 보면 같은 의문을 가질지도 모른다. 저 사람은 지금 이 시각에 왜 여기 있지? 팔자 좋은 백수인가?

이런 의문을 품고 사람들을 둘러보고 있을 때, 내 옆자리에 삼십 대 중후반으로 보이는 한 여자가 앉았다. 뜨거운 커피 한 잔을 시킨 여자는 테이블에 팔을 기댄 채 어딘가에 시선을 고정하고 있었다. 그녀가 무엇을 보고 있는지 궁금했던 나는 슬그머니 눈을 돌렸다. 여자가 보고 있는 건 다름 아닌 통유리로 들어오는 따뜻한 햇살이었다. 멋진 작품을 감상하듯 넋 놓고 햇살을 바라보던 그녀는 휴대전화 진동음을 듣고 통화를 시작했다. 타이핑을 치던 나의 손놀림이 느릿해지며 귀가 쫑긋 세워졌다. "이런 여유는 오랜만인 것 같아. 매일 직장에서 상사한테 시달리고, 집에서는 애들 보다 보면 정신이 하나도 없잖아. 병원 가려고 반차 휴가를 냈다가 잠깐 카페에 왔거든. 근데 볕이 참 좋다, 커피도 맛있고." 친구에게 건네는 그녀의 음성이 한가로운 봄날처럼 따사롭고도 애처롭게 느껴졌다.

아, 내가 무언가 잘못 생각했구나. 그 순간 머리가 멍해져 주변을 유심히 둘러보았다. 그러자 보이지 않던 풍경이 보였다. 합격 100퍼센트라 적힌 문제집을 치열하게 보는 취업 준비생, 목에 사원증을 걸고 동료와 이야기를 나누는 남자, 지금 내 옆 사람처럼 육아와 회사 일에 이리저리 치이다 오랜만에 여유를 누리는 여성. 겉으로는 한가로워 보였지만 저마다의 치열한 시간 속에서 잠깐 숨을 돌리거나 자기 일에 열중하고 있었다. 내가 몰랐을 뿐이지, 다들 자기 삶에 집중하고 있다는 걸 깨닫자 미소가 절로 나왔다. 자신의 일에 몰두하는 이들처럼 나 또한 내 일을 열심히 해나가야겠다는 의욕이 생겼다. 난 곧바로 허리를 펴 구부정했던 자세를 바로 했다. 유연하게 팔을 뻗어 기지개를 켠 뒤 타이핑을 치던 노트북 화면으로 시선을 고정했다. 평소엔 어떤 글로 채워야 할지 막막했던 빈 페이지를 보며 전과 다른 기대감이 일었다. 무엇이든 재미있게 써나가고 싶어졌다.

평일 오후에도 카페에는 사람이 많다.

프리랜서가 된 후
카페에서 작업을 자주 하면서 생긴 의문이다.

토익 공부 중인
대학생

면접 준비 중인
취업준비생

느긋하게
커피 마시는
남자

책 읽는
학생

간만에
여유로운
주부

외근 나온
회사원

내가 주의 깊게
보지 못했구나.
다들 저마다의 일에
집중하고 있는데….

문득 카페를 둘러보며 깨달았다.
사람들이 저마다 자신만의 시간을 보내며
각자의 일에 집중하고 있다는 것을.
그들도 나처럼 자기 삶에 몰두하고 있었다.

쌉싸름한 기분

～～～～～

회사를 그만둔 후 아르바이트 구인 사이트를 보는 게 일상이 되었다. 구인 공고를 확인하던 중 '보험 회사 단기 인턴십 프로그램 아르바이트' 공고에 혹했다. 네 시간씩 이틀 동안 수업을 들으면, 10만 원을 준다고 했다. '정말 수업만 들으면 돈을 주는 걸까? 왜지?' 의아했지만 10만 원이 눈앞에 아른거려 지원했다.

    며칠 뒤 담당자의 연락을 받고, 인턴십 프로그램에 참여했다. 아르바이트 지원자는 나를 포함해서 총 네 명이었다. 수강 인원 중 희망자에 한해 회사에 입사 지원도 가능하다는 말은 한 귀로 듣고 한 귀로 흘렸다.

인재 채용을 위해 돈까지 지급하면서 수업을 한다는 점을 납득하기 어려웠지만, 수긍하는 체하며 강연실로 따라나섰다. 일면식도 없는 사람들과 어색한 인사를 나눈 뒤 수업이 시작됐다.

총괄 매니저로 보이는 남자가 교육을 맡았다. 그는 뜻밖에도 법률 사무소에서 13년을 근무했다고 밝혔다. 지인이 보험설계사 상위 1퍼센트의 연봉이 35억이라며 구슬리는 바람에 법률 사무소에 사표를 낸 뒤 영업을 시작했다고 자신을 소개했다. 마흔이 넘어 직종을 변경하고, 밑바닥부터 시작해야 했던 입사 초기의 어려움, 지인들에게 보험을 들어달라며 굽실거렸던 일, 돈 많은 공장장의 보험을 따기 위해 6개월간 공장으로 출근 도장을 찍은 결과 공장장과 직원 40여 명을 보험에 가입시킨 성공 신화 같은 이야기를 들었다. 다큐멘터리에나 나올 법한 전설 같은 사연을 넋 놓고 듣다 보니 시간이 금방 흘렀다. 5만 원씩 납부하는 실비 보험료도 비싸다고 투덜거렸는데, 내가 지급하는 보험료는 새 발의 피였다. 부자는 월 1천만 원짜리 보험에도 가입한다나.

건물주, 회사 대표 등은 자기 재산을 자식에게 증여할 때, 40퍼센트의 상속세를 내야 할 의무가 있다. 내 재산의 일부를 고스란히 국가에 내는 것보다 고액 보험에 가입하는 게 더 이득이라고 한다. 고가의 보험료를 지불하면, 자녀에게 재산을 상속할 때 납부해야 할 세금을 보험금으로 충당할 수 있으니 그들에게 손해 보는 장사는 아니다. 이런 VIP 수준의 고객 건수를 몇 개씩 따면, 신문에 대서특필될 정도의 보험왕이 되는 건 시간문제라고 덧붙였다. 35억 원이라는 꿈의 연봉을 받는 설계사들의 성공 신화는 흥미로웠다. 평범한 직장인들은 꿈꾸지 못할 연봉을, 보험 영업 하나만 잘하면 만져볼 수 있다니. 나를 포함한 네 명 중 몇 명이나 강연에 마음이 동했는지는 알 수 없지만, 평범한 회사원이 결코 만져볼 수 없는 연봉을 손에 쥘 수 있다는 점은 소위 신분 상승을 노리는 자들에게 매력적인 요소이긴 할 것 같다.

신문을 통해 '보험왕'의 위력을 접하긴 했지만, 영업이란 결코 몸담고 싶지 않은 직군이었다. 영업이 얼마나 큰 감정 노동인지 카드 영업을 했던 엄마를 통해 익히 들어왔기 때문이다. 고객이라는 위치가 대단한 권력이라도 되는 양 '갑질'을 하거나 예의 없이 구는 사람들의 사연은 책 세 권 분량으로도 모자랄 정도였다. 그래서 그 일이 싫은 소리도 듣고, 자존심이 상해도 웃는 얼굴로 대응하며 빤빤함을 연마해야 하는, 스트레스가 상당한 직업이라는 사실을 잘 알고 있었다.

돈과 내 감정을 치환하는 삶이 과연 행복할까. 타워팰리스에 살며 1년에 서너 번씩 해외여행을 간다는 매니저의 말에도 심드렁하게 반응하게 된다. 여유를 살 수 있는 연봉은 부럽지만, 돈을 많이 받는다는 건 그만큼 막대한 양의 업무와 스트레스의 방증일 것이다. 그래서 나에겐 높은 연봉이 달콤한 사탕이 아닌, 에너지를 바닥까지 모조리 흡수하겠다는 무서운 경고처럼 들렸다.

교육이 끝나고 난 뒤 매니저가 강의 소감을 물으며 회사 입사를 설득했으나 단호하게 거절하고 돌아섰다. 돌아가는 길에 만 원짜리 열 장을 한 장 한 장 세어보며 묵직한 공허감을 느꼈다. 돈을 만질 땐 끝났다는 안도감과 뿌듯함을 느꼈지만 한편으로는 씁쓸했다.

예정대로라면 보험 강의를 듣고 있을 게 아니라 작품을 쓰고 있어야 하는데…… . 짙은 한숨이 흘러나왔다. 원하든 원치 않든 삶은 계획과는 다른 쪽으로 흘러간다. 그리고 그 방향은 대개 평탄하고 안전한 길이기보다는 굽이지고 척박한 경로일 때가 많은 듯하다.

퇴사 후엔 내가 하고 싶은 일을 하며 휘황찬란하진 않아도 큐빅처럼 반짝이는 인생 정도는 살 거라 기대했는데, 이날따라 나 자신이 멋없게 느껴졌다. 겨우 이 정도 아르바이트를 하며 스물일곱의 여름을 보내게 될 것이라고는 생각하지 못했으니까. 그러면서도 현실적인 이성은 톱니바퀴처럼 돌고 있었다. 아르바이트비가 들어 있는 봉투를 안주머니에 챙겨 넣으며 중얼거렸다. '다른 단기 아르바이트는 뭐 알아보지?'

사는 게 늘 마음먹은 대로 술술 풀리는 건 아니지만, 손 놓고 체념한다고 누가 문제를 대신 해결해주는 것도 아니다. 6개월간 끈기와 정성으로 공장장과 직원까지 보험에 가입시킨 총괄 매니저처럼 그 정도의 갸륵한 노력으로 글을 쓰고, 생활을 꾸려가자. 그러면 언젠가 누구 한 명이라도 감동할 만한 괜찮은 책 한 권 정도는 완성한 작가가 되어 있지 않을까.

상상해보았다. 보험왕이 되어 높은 연봉을 받고
화려한 명품을 두른 나의 모습을.

빠르게 현실을 자각한 나는
보험왕에 대한 상상을 관두고
다음 아르바이트는 무엇을 할지 고민했다.

해고를 당했다

~~~~~~~~~~

직장을 다니며 글을 쓰는 건 쇠심줄처럼 굳건한 정신력과 체력이 필요한 일이다. 더욱이 나는 체력이 약해 직장 생활의 누적된 피로감을 이기고 퇴근 후 원고를 쓰는 일이 불가능했다. 핑계일지 모르지만, 나에겐 난제였다.

무라카미 하루키는 7년간 재즈 카페 사장으로 밤늦게까지 육체노동에 시달리면서도 소설을 썼고, 스티븐 킹은 고등학교 교사로 일하는 동시에 여름방학엔 세탁소 보일러실 아르바이트를 하며 글을 썼다. 천재적인 작가들은 암울한 환경에서도 글을 쓰는 행위로 자신을 구원했다. 나에게도 그런 간절함 또는 탁월한 문장력이 있다면 좋으련만 애석하게도 그러한 능력을 갖고 태어나지 못했다. 그나마 한 가지 재능을 꼽자면 꾸준히 해내는 성실함이라 하겠다.

웹툰 PD, 웹소설 편집자, 콘텐츠 에디터, 블로그 마케터 등 많은 직무를 경험하며 얻은 결론은, 돈을 몇 푼 포기하더라도 시간을 벌 수 있는 일을 택하겠다는 것이었다. 그런 연유로 충분한 작업 시간을 갖기 위해 논술 학원 강사 일을 시작했다. 월급은 회사 급여보다 적었지만, 정신적, 시간적 면에서 이로운 점이 많았다. 아침 7시에 일어나 원고를 쓴 뒤 간단한 스트레칭을 한 후 아침을 챙겨 먹고 학원으로 향했다. 커리큘럼에 맞는 추천 도서를 교재로 택일하여 학생들의 글쓰기를 지도하는 일은 부담이 덜하면서도 즐거웠다.

그러다 일이 터졌다. 부장 선생님이 신혼집을 학원과 먼 지역으로 구하면서 학원을 그만두게 되신 것. 오랜만에 마음 맞는 직장 동료를 얻었다고 생각하며 만족하던 터라 선생님이 떠난다는 소식이 아쉬웠다. 후임으로 온 부장 선생님은 학생 지도에 열의가 높고, 규율 따지기를 좋아했다. 며칠간은 문제가 없었지만 얼마 지나지 않아 갈등이 시작됐다. 부장 선생님이 바뀌자 수업의 흐름도 달라졌는데, 나는 그 변화를 받아들이기 어려웠다. 수습 2개월째에 접어들어 겨우 업무에 적응한 시기였다. 새로운 부장 선생님이 계약서에 없는 업무 사항을 지시했고, 전임 강사에게 인수인계 받을 땐 없던 수업도 개설됐다. 달라진 커리큘럼과 추가된 업무가 과중하게 느껴졌다. 일러스트레이션이나 포토샵 작업, 학부모 상담 등 계약서에 없던 업무가 점차 늘어나자 나는 실장에게 면담을 요청했다. 계약 및 인수인계 때와 다른 수업 방식에는 더 많은 시간과 노동력이 필요하므로 급여를 올려줄 수 있냐고 문의했더니 곧바로 돌아온 대답은 해고였다. 내가 부당하다고 항의하자 경영 실장이 유감스럽다는 표정으로 고개를 저으며 말했다. "수습 기간이 12월 9일까지인데 조금만 더 참지 그랬어요." 실장은 한 번씩은 참을 줄도 알아야 한다고 인생 선배 입장의 충고까지 덧붙였다. 새로 온 부장 선생님 또한 동생을 타이르듯 말했다. "선생님, 제가 동생 같아서 하는 말인데요. 경력도 없는 선생님이 받으시는 급여 정도면 높은 편이에요." 당연히 해야 할 업무에 대해 어떻게 돈을 요구할 수 있냐는 어투였다. 덧붙여 자신이 학원 강사 일을 처음 시작했을 때 얼마나 열악한 처우였는지 일장 연설했다. '열정 페이'를 강요당했던 자신의 과거를 부당하다고 느끼기는커녕 대우받지 못한 열정을 영광스러운 훈장처럼 미화시키는 발언이었다. 적은 급여를 받고도 묵묵히 일하는 것이 그 나이 때 겪어야 할 필연적 의무인 것처럼.

그다음엔 뜻밖에도 복장을 지적했다. 내 치마 길이가 짧다며 자신도 과거에 경영진에게 치마 길이를 지적받고 곧장 근처 옷가게에서 슬랙스를 사서 갈아입었다고 말했다. 학교에 출강을 나갈 때도 복장에 대한 컴플레인을 받아본 적이 없는데 중학생 때나 들었을 법한 치마 길이 지적이 어이없었다. 그런 지적을 한마디 반박 없이 수용했다고 자랑처럼 얘기하는 부장 선생님의 태도는 이 상황을 부당하다고 느끼는 나를 오히려 이상한 사람으로 만들었다.

면전에서 해고를 당한 상황이 황당해 재차 물었다. "저, 지금 잘린 건가요?" 실장은 고개를 끄떡였다. 기가 막혀서 반박할 말도 생각나지 않았다. 당장 생계가 곤란한 것도 문제였지만, 그보단 학원의 부당한 처우가 원통했다. 근로기준법에 관해 알아보니 수습 3개월이 지나지 않으면 해고예고수당도 받을 수 없단다. 계약할 때 계약서에서 급여와 근무 시일만 살펴보고, 다른 조항들은 무심히 넘겼던 태만함을 반성하며 씁쓸함을 삼켰다. 계약서를 다시 읽어보니 이런 조항이 있었던가 싶을 만큼 학원 측에 유리한 항목이 많았다. 계약을 체결할 때 꼼꼼하게 살피지 않은 나의 안일함과 어리숙함을 탓할 수밖에 없었다.

살을 에는 듯한 추위에 어깨가 움츠러들고, 해고당한 사실이 억울해 마음속이 복잡했다. 해고 통보 이후 친하게 지냈던 전 부장 선생님도 나와 거리를 두었다. 당분간 로그인할 일이 없다고 생각했던 채용 사이트에 들어가는 것이 일상이 되었고, 낯선 번호로 오는 전화에 기대를 걸게 됐다. 나는 다시 배고픈 백수로 돌아왔다.

해고를 당한 날, 분해서 눈물부터 났다.

감정을 추스른 뒤에는 다음 달 생활비가 걱정됐다.
해고 통보서를 보며 머릿속이 복잡한 하루였다.

귀찮아도 퉁치지 않아

~~~~~~~~~~

해고를 당한 뒤 퇴사 전까지 이루어진 3주간의 근무는 지옥이었다. 부장 선생님과 원장을 마주치는 게 거북해서 일부러 수업하는 교실에서 퇴근 전까지 나오지 않았다. 새 부장 선생님과 실장은 들으란듯이 내가 있는 교실 근처에서 떠들어댔다. 그들의 낭자한 말소리가 문 너머 내 귀까지 들려왔다. 나를 이방인으로 느끼게 하려고 급조된 결속력 같았다. 내가 해고당한 뒤 친했던 부장 선생님이 선을 긋는 것만 봐도 그들 사이에서 나에 대해 어떤 말들이 오갔을지 예상 가능했다.

인수·인계받은 업무와 다른 부분들을 문제 삼아 급여 조건의 변경을 요구한 건 경솔했다고 후회하기도 했다. 수습 기간이 일주일 남은 시점에서 이야기를 꺼낸 나의 성마름을 핀잔하던 실장을 볼 땐 눈물이 터질 뻔했다. 그러나 후회한다고 벌어진 일을 무마할 순 없었다. 다시 열심히 하겠다며 읍소하는 게 상황을 개선할 선택이 되지도 못했다. 원장은 수업에 대한 미숙함을 해고 이유로 덧붙였다. 아이러니한건 나의 수업 실력이 미숙하다고 판단했던 이들이 남은 3주간의 수업을 내게 맡긴 것이다. 수업을 이끌 실력도 없는 사람에게 3주간 가르칠 권한을 준다는 사실은 그들의 말에 어폐가 있다는 걸 증명하는 꼴이었다. 처음엔 화가 나고 억울했지만, "수습 기간 이후에 말하지 그랬어요. 그러면 못 자를 텐데"라는 실장의 말에 후회는 곱게 접어 던졌다. 난 이번 해고가 급여 인상을 요구한 것에 대한 원장의 감정적 대응이라는 것을 입증하고 싶었다. 구태여 수고를 들여 부당 해고 신청을 한 건 불합리한 상황에 순응하기 싫었기 때문이다.

"똥이 무서워서 피하는 게 아니잖아. 차라리 그 시간에 다른 일을 알아봐. 열흘 치 못 받은 돈이 아쉬워서 그래?" 노동청에 신고하겠다던 나에게 친구는 쓸데없는 처사라고 했다. 애초에 개인 사업자들에게 고용된 학원 강사들에겐 해고는 빈번하게 발생하는 일이라고, 그런 일 때문에 시간을 쓰는 건 허비라고.

해고 이유에 대한 학원에 답변서와 반론서가 몇 차례 오가고 심문 및 판정 회의의 결과를 얻는 데는 서너 개월에서 길게는 6개월 정도 소요된다. 내가 승소할 것이라는 보장도, 학원 방학으로 인해 받지 못한 열흘 치의 급여도 받을 수 있을지 장담하기 어렵다. 그렇지만 지든 이기든 내 권리는 주장할 수 있어야 한다. 급여나 계약 조건에 대한 이의를 제기하는 건 노동자의 당연한 권리였다. 난 못할 말을 한 게 아니다. 수습 기간이라고 해서 기업이 함부로 노동자를 해고할 수 없다. 당신이 고용한 건 로봇이나 말하는 인형이 아닌, 채용 조건에 협의하고 근로를 한 '사람'이니까.

친구의 말처럼 한 번은 넘어갈 수 있을지도 모른다. 귀찮아서 또는 시간이 없어서, 당장 다른 일자리를 알아보는 데 급급해서. 하지만 이번 일이 겨우 한 번으로 끝날까? 앞으로도 이런 비합리적이며 부당한 대우를 받을 때마다 억울한 마음이 들어도 넘겨버리면 같은 상황이 반복될 수밖에 없다. 노무사를 통해 재작성한 답변서를 보며 나는 친구에게 말했다.

"그까짓 돈 안 받아도 그만이야. 단지 앞으로도 이런 불합리한 일을 겪을 때마다 시간이 없어서, 돈이 없어서라는 핑계로 퉁치고 넘기고 싶지 않아. 난 내가 옳다는 걸 증명하고 싶은 거야. 그게 다야."

부당 해고 신청을 한 뒤 사건 조사에 들어갔다. 학원 측에서는 득달같이 답변서를 제출했다. 30장 가까운 답변서엔 수업 자료와 함께 나를 둘러싼 상황이 상세하게 적혀 있었다. 내가 수업 능력이 미숙한 강사라는 걸 증명하는 데 힘을 쓴 근거들이었다. 수업 내용 중 일부는 내가 아닌 전임 부장 선생님이 쓴 자료도 있었다. 해고된 일자에 맞춰 작성된 수업 평가서를 보자 이들이 내 해고 신청에 얼마나 감정적인 태도를 보이고 있는지 느껴졌다. 마치 자신의 억울함을 선생님에게 늘어놓는 아이의 반성문처럼 구차한 글이었다. 답변서를 보자 이상하게도 마음이 편해졌다. 진실은 많은 이유를 필요로 하지 않으며 말이 많을수록 빈틈이 많고 숨겨야 할 점이 많다는 것을 뜻한다. 켕길 게 없었던 내 입장에서는 논점을 흐리는 그들의 답변서에 감정적으로 대응할 이유가 없었다. 답변서를 보며 짧고 간략하게 반론서를 제출했다.

　　이런 과정을 통해 내가 옳다고 생각하는 기준과 신념의 무게를 생각했다. 그 무게가 아슬아슬한 벼랑에서 굴러 떨어질 위기에 처해도 중심을 잡을 수 있는 축이 되어준다는 것을 느끼면 가슴이 뻐근했다. 나는 그 중심이 될 뿌리를 형성하는 과도기에 놓여 있었다. 앞으로도 난 내가 옳다고 생각하는 대로 해나갈 것이며 옳지 못한 상황에 놓였을 때 적당히 넘기지 않고 부당한 것을 입증하기 위해 무던히 애쓸 생각이다.

혈기는 충만해도 내성적이라 타인의 눈치를 집요하게 보지만, 끝내는 감정을 숨기지 못하는 나라는 존재는 미련하게 참거나 적당히 넘기는 데 재주가 없다. 그런 태도가 설령 불이익을 준다고 해도 학원 측에 요구했던 내 행동을 후회하지 않는다. 이러한 결심은 내가 대단한 기사도 정신이나 엄청난 정의감을 갖고 있기 때문이 아니다. 단지 조그만 내 마음에 나 하나 오롯이 담기에도 벅차, 타인이 던진 불합리한 처우까지 담을 여유가 없을 뿐이다. 난 나를 온전히 담을 수 있을 만큼의 넉넉한 그릇으로 존재하고 싶다. 내게 위해를 가하는 외부의 위협은 담지 않고 나로서 단단히 존재하겠다.

뭐든 적당히 넘기지 않고, 공을 들인다.

다른 사람 눈에는 티가 안 나는 부분도
열심히 고민하는 탓에 곧잘 심각해지고 만다.

신중하고 꼼꼼하게 보는 건
좋은 결과물을 만들고 싶은 마음 때문이다.

내가 만족할 만한 결과를 만들어야
고민을 끝내는 스스로를 존중하고 싶다.

노동 재판은 처음이라

～～～～～～～

학원의 처우는 순순하게 넘어갈 일이 아니었다. 이런 상황을
참고 넘어가면 나와 같이 학원의 일방적인 해고 통보로 일자
리를 잃는 사람이 발생할 수 있었다. 노동자를 쉽게 해고할
수 있는 조항을 기재한 계약서로 교묘하게 사람을 쥐락펴락
하는 건 모른 척 회피할 수 없었다. 앞서 말했듯 난 곧바로 노
동청에 학원을 신고했고, 노무사를 통해 사건 경위서를 제출
했다. 얼마 뒤 노동 위원회에서 재판 날짜가 잡혔다는 연락을
받았다. 참여 의사를 묻는 질문에 처음엔 머뭇거렸다. 당시
다른 회사에 입사한 지 얼마 안 됐을 시기라 휴가를 쓰는 것
도 눈치가 보일뿐더러 학원 관계자들을 대면하는 것도 불편

했다. 하지만 노무사가 출석하지 않으면 해고가 적법한 인사 평가의 일환이었다는 주장을 인정하는 것으로 보일 수 있다고 말했다. 노무사의 조언에 어려운 발걸음을 내디뎠다. 재판 결과가 어떻게 나든 명확하게 끝을 맺는 게 낫다는 걸 잘 알고 있었다.

학원 측에는 원장, 실장, 새로 온 부장 선생님이 모두 출석했다. 고성이 오가거나 갈등을 빚을 것을 염려하였으나 그런 일은 일어나지 않았다. 노동위원장은 근로 계약서와 학원 측의 평가서를 중점으로 질문했다. 해고당한 시점으로 종료된 평가서, 주관적인 강사 평가 기준, 강사 자격 미달이라고 했던 내게 해고 후 3주간 수업을 맡긴 것에 대한 지적이 이어졌다.

"수준 미달이라고 평가 내린 강사에게 해고 후 왜 3주간 학생들의 수업을 맡기셨죠?", "인사 평가의 기준 점수가 70점이라고 기재되어 있는데, 평가 기준은 누가 만든 것입니까? 다른 학원도 기준 점수가 70점입니까?", "왜 강사가 지도하지 않은 자료가 미흡한 수업 자료의 증거로 첨부되어 있는 건가요?"

합법한 인사 평가라고 호언장담한 실장과 부장 선생님이 당황한 표정을 지으며 꿀 먹은 벙어리처럼 입을 다물었다. 그때 내 기분은 사이다 전개의 아침 드라마를 시청할 때처럼 시원했다. 내가 직접 항의했을 땐 조목조목 따지며 반박하던 그들이 재판장에서는 태도가 뒤바뀐 것이 가증스럽기도 했다.

재판이 잠시 소강 사태로 접어들고 각자 대기실로 들어갔다. 노동위원회 측은 대기실에 방문하여 화해를 제안했다. 부당 해고에 대한 인정과 금전적인 보상이면 충분했으므로 나는 화해를 승낙했다. 서로 간의 의견을 합치하여 한 달 치의 급여를 주는 것으로 조정이 이루어졌다. 초반엔 학원 측이 의사를 굽히지 않아 설득에 시간이 걸렸으나 원하는 결과를 얻었다.

신고를 하면서도 재판의 승소를 낙관하지 않았던 나에게 이날의 재판은 유독 인상 깊게 남았다. 내 입장을 '정의', 학원의 입장을 '타도해야 할 악'이라 표현하는 건 무리가 있겠지만, 불합리한 처우 개선을 위해 노력한 자신을 칭찬해주고 싶다. 그들이 주장한 대로 나의 해고가 타당한 인사 평가였다면, 재판장에서 당황할 이유도, 화해의 명목으로 돈을 줄 이유도 없었을 것이다. 화해를 승낙한 것은 부당 해고를 인정한 것과 진배없었다.

이번 일을 통해 약간의 수고스러움으로 내 의견에 힘이

실리고, 원하는 결과를 얻을 수 있다는 것을 증명해냈다. 권리장전을 위해 타협하지 않을 수 있는 소신과 용기도 얻었다.

아마도 나는 평생(복권에 당첨되어 급작스러운 부를 축적하게 되지 않는 이상) 근로자로서 노동을 돈으로 환산받는 삶을 살아갈 것이다. 이번 일을 계기로 그 과정에서 겪을 수 있는 문제와 갈등을 슬기롭게 대처할 방안이 무엇인지 고심하게 됐다. 가장 먼저 계약서를 쓸 때 얼마나 신중해야 하는지 절감했다. 무심코 지나친 계약서의 문장 한 줄이 나를 불리하게 내몰 수 있다는 것을 알고 나니 계약 관계에 대한 무게가 얼마나 큰지도 잊지 말아야겠다는 생각이 들었다.

큰 과제를 끝마친 듯 후련하고 속이 시원한 느낌. 금전적 보상보다 마음의 짐을 내려놓을 수 있어 더없이 평안했다. 드디어, 학원과의 악연이 정리되었다.

노동 재판을 마무리하고 나니
묵은 체증이 쑥 내려간 기분이었다.

불합리한 상황을 그냥 넘어가지 않고
내 권리를 지켜낸 스스로가 대견했다.

나는 실패하지 않았다

∿∿∿∿

이 책을 제외하고 로맨스 소설 한 권이 작가 경력의 전부다. 웹소설로 출간한 로맨스 소설의 정산 금액은 매달 커피값 정도. 스타벅스에서 톨 사이즈 커피 한 잔이면 사라지는 금액이다. 또 다른 작품은 계약 후 완결까지 각색을 마쳤지만 그림 작가 계약 불발과 회사 내부 사정으로 계약 해지 수순을 밟았다. 1년간 머릿속으로 그려왔던 글을 완성된 작품으로 만날 수 없었다는 점이 미련과 아쉬움으로 남았다. 이 작품이 잘됐더라면 다음 작품을 순조롭게 계약할 수 있었을 텐데……. 소중한 기회를 놓쳤다는 생각에 자신을 힐책했다. 내가 잘했더라면 결과는 달라졌을지 모른다고, 벌어진 일을 돌이킬 수 없다는 걸 알면서도 지난 일을 복기하며 후회했다. 불확실한 미래와 재능에 대해 저어하며 현실을 잊으려 했다.

퇴사한 뒤 프리랜서로 살겠다고 마음먹었던 이유는 적은 돈을 받더라도 하고 싶은 일을 하며 살고 싶었기 때문이다. 주변에서는 안정적인 수익을 낼 수 있는 게 아니라면 전업 작가는 가당치 않다고 말렸다. 그럼에도 마음은 꿈 쪽으로 기울었다. 자신을 불신하기 바빴던 나에게 선뜻 기회를 주고 싶기도 했다. 누구도 주지 않는 기회를 내가 아니면 누가 줄 수 있을까 싶었다. 나는 내심 스스로를 애틋하게 생각했던 것 같다.

그러나 다음 작품을 쓰기까지 시간이 오래 걸렸다. 게다가 기대만큼 결과가 따르지 않는 점도 힘들었다. 현실과 꿈 사이에서 어디에 비중을 둬야 할지 고민하는 시간이 늘었다. 글을 쓰기에 앞서 생계가 해결되어야 했고, 당장은 글로 밥벌이를 하기 어려웠다. 꿈이 삶과 불균형을 이룬 불안정한 상황에서 현실적인 선택을 해야 할 시점이었다. 수업을 다니거나 작업 의뢰가 들어온 비용으로 근근이 생활하다 다시 이력서를 정리했다. 다니던 학원에서 해고를 당한 뒤엔 회사에 들어가기로 마음먹고 출판사를 중심으로 입사 지원을 했다.

그러던 중 한 출판사에서 연락이 와서 면접을 보았다.

대표와 편집장, 실장으로 구성된 면접관들이 이력서를 훑어보고 질문을 던졌다. "웹소설을 많이 봤어요? 총 몇 작품이나 봤어요?", "이직을 자주 했던데, 이유는요?", "출간한 소설을 봤는데, 본인 작품의 실패 요인은 뭐라고 생각하죠?"

대답을 이어가던 중 마지막 질문에 멈칫했다. 실패. 그 단어가 머릿속에 전각처럼 새겨졌다. 면접관의 표정이 날카로웠다. 나는 내 글의 실패 요인이라 생각하는 점들을 순순히 말했다. 그 후 면접을 어떻게 마무리했는지 기억이 나지 않는다. 반쯤 뜯어진 택배 상자처럼 조악하게 이어 붙인 말들만 내뱉었다. 면접의 중반부가 지났을 때 불합격을 예감했다. 면접을 마치고 돌아가는 길, 면접관의 말을 되새겼다. 바람이 불지 않는데도 등 뒤가 스산했다. 외부의 신랄한 평가에 대한 불쾌감보다는 아무런 저항감 없이 실패를 인정한 자신에 대한 회의감이 짙었다. 면접관의 말에 수긍한 건 나 또한 무의식중에 내가 실패했다고 생각했기 때문이다. 내 생각과 그들의 평가가 상통했으니 할 수 있는 답은 '그렇다'라는 말뿐이었다. 인형의 가슴을 눌렀을 때 녹음된 말이 나오듯, 실패가 새겨진 내 안에서 터져 나올 수 있는 답이 '실패'인 것은 당연했다.

부족한 점도 있었을 테지만 훌륭한 지점도 있었을 텐데,

자신의 작품을 하대한 스스로가 싫었다. 돈을 벌지 못했으면 가치가 없는 것인가, 타인이 부정적으로 평가한 게 꼭 답인가. 의문이 꼬리를 물고 이어졌고, 생각의 맥을 짚어가다 문득 함께 일했던 웹소설 부서의 편집장님이 나의 하소연에 지나가듯 했던 말이 떠올랐다.

"열심히 썼는데 결과가 나오지 않아서 속상해요. 계속 쓴다고 나아질까요?"

"실패를 고민할 게 아니라 어떻게 사랑할 수 있는가를 고민해. 작가가 자기 글에 애정이 없는데 독자들이 좋아할 리 없지."

자신의 부족한 점은 잘도 짚어내면서 장점을 찾아내는 데는 재능이 없는 나를 정확히 찌르는 말이었다. 내가 먼저 나의 작품을 아끼고 사랑할 때 타인의 평가에 휘둘리거나 흔들리지 않을 수 있다. 작품에 대한 애정의 부족을 들여다보면 자신을 향한 애정에 인색했다는 것을 알 수 있다. 작품은 곧 나고, 내가 나를 해체해서 풀어낸 것이 바로 작품이니까.

글을 쓰는 자신조차 반하지 못한 글에 외부의 평가가 호의적이기를 바란 건 욕심이었다. 자신을 존중하고 스스로에게 애정을 보낼 때 타인도 나를, 내가 쓴 글을 사랑할 수 있다. 나는 더 이상 타인들이 던지는 실패라는 평가에 휘청이지 않기로 마음먹었다. 그들의 평가가 작품을 규정짓는 전부가 되지 않으며, 내가 반성해야 할 것은 내 글에 대한 애정을 갖지 못한 자신의 인색한 태도였다.

글을 쓰는 건 단순히 재미있는 스토리를 쓰는 게 아닌, 나를 비추는 거울을 정직하게 닦아나가는 과정이다. 그 배움의 과도기에서 겪는 것을 실패라 규정해 넘어지지 말아야겠다고 다짐했다.

글 쓰는 직장인

~~~~~~~

여러 회사의 면접을 보았다. 합격한 곳도 있지만 마음이 동하지 않아 고사했다. 결단을 내리기까지 힘들었던 이유는 프리랜서로 지냈던 2년 남짓한 시간 동안 아무것도 이루지 못했다는 자책과 괴로움 때문이었다.

생활을 위한 최소한의 비용은 필요하지만 직장은 싫고, 글을 써서 돈을 벌고 싶지만 그게 가능한 정도의 프로 작가는 아니었다. 마음이 부유하여 무엇도 손에 잡히지 않았다. 다시 학원 강사나 아르바이트를 하면서 글을 쓰는 게 낫지 않을까 고민하다가도 부당한 이유로 해고당한 경험을 떠올리며 고개를 저었다. 미래에 대한 불안감도 선택의 발목을 잡았다. 아르바이트를 하며 글을 쓴다 한들 전업 작가가 될 수 있을 거라는 확신이 없었다. 보장되지 않은 미래를 위해 몇 년을 투자했는데, 서른이 넘어서도 꿈을 이루지 못하면 남는 건 짤막짤막한 아르바이트 경력뿐일지 모른다. 그러고 나면 회사를 들어가고 싶다 해도 제대로 된 경력이 없어 입사가 어려울 것이다. 양립이 불가능한 감정이 동시에 들었다. 글을 쓰고 싶지만 확신 있게 밀고 나가지 못하고 안정감이 갈급했다. 그러나 한편에서는 조직 생활에 대한 거부감이 일었다.

고민이 많다는 건 선택에 대한 유보를 반복한다는 것이고, 선택하지 못한다는 건 결정을 감당할 자신이 없다는 뜻이다. 나는 어떤 선택을 해야 할까? 고민의 물레를 의미 없이 돌리는 동안 시간이 흘러갔다.

하루키의 수필에 나오는 "돈은 필요했지만 일은 하고 싶지 않았다"라는 대목이 떠올랐다. 나의 마음을 반영한 예리한 말에 수긍하면서도 이 문장을 쓴 무라카미 하루키는 베스트셀러 작가이니 그에겐 해당되지 않는 말임을 자각하고 짐짓 숙연해졌다.

소설가가 되기 전 하루키는 '피터 캣'이라는 이름의 재즈바를 7년 동안 운영했다. 낮과 밤이 바뀌는 고단한 일상에서도 양배추 롤을 만드는 노력만큼이나 글쓰기에 집중했다. 그는 글을 쓴다는 이유로 당장 재즈바를 접지 않았다. 소설가로 완전히 자립하기 전까지 재즈바 운영을 겸하는 과도기를 거쳤다. 몸이 힘들고 고단했을지언정 자신이 발 딛고 산 현실을 꼼꼼히 경영하는 한편 다른 한 손에선 펜을 놓지 않았다.

직장 생활에 대한 부정적인 기억 탓에 회사를 떠올리면 족쇄나 감옥의 이미지가 연상됐다. 그런 부정적 감정이 방어기제가 되어 '회사에 들어가면 넌 원하는 글 절대 못 써'라는 결론을 스스로 만들어냈다.

그렇다면 작가가 되기 전 재즈바에서 일했던 경험은 하루키가 글을 쓰는 데 무용하기만 했을까? 하루키가 재즈바 사장으로 일했던 경험은 알게 모르게 소설에 배어 있어 하루키 작품만의 분위기를 만드는 데 일조했다.

그러므로 생활인으로 자기 삶을 꾸려나가는 게 글 쓰는 행위보다 먼저 이루어져야 함을 인정해야 한다. 생활에 필요한 최소 비용과 글을 쓸 시간을 확보할 수 있는 직장에 들어가자. 최종적인 결정이었다. 글을 쓰는 자신을 지키기 위해 나의 또 다른 자아들이 고군분투해야 할 시점이었다.

다만 내가 경계하고 싶은 건 과거 기억의 반복이었다.

부적응으로 인한 거듭된 퇴사와 짧은 이력을 반복하고 싶지 않았다. 내가 회사로 돌아가는 것이 현실의 벽에 부딪혀 주저앉은 걸 증명하는 게 아니기를, 경제적 자립 위에서 꿈을 이룰 기반을 닦기 위한 과정이기를 원했다. 아르바이트가 아닌 직장을 택한 건 안정감에 대한 단순한 갈급함이 아닌, 글을 쓸 자양분을 얻기 위한 과정이 될 수 있다고 생각했기 때문이다. 직장을 다니면 글 쓸 시간이 없다며 덮어두고 판단 내리기보단 시간 배분을 잘하면 얼마든지 쓸 수 있다고 마음을 고쳐먹었다. 회사를 다니든 아르바이트를 하든 주어진 환경은 글을 쓰는 행위에 지대한 영향을 주지 않는다. 진정 쓰고 싶다면 어떻게든 시간을 내기 마련이다. 그 환경을 꾸리고, 글을 쓰는 건 오롯이 내 몫임을 깨달았다. 선택을 내리고 나니 고민했던 시기보다 마음이 편안해졌다. 고민은 불안감만 비대하게 부풀릴 뿐 상황을 해결해주진 못한다. 그렇게 난 다시 글 쓰는 직장인이 되었다.

제 살길은 제가 찾을게요

〜〜〜〜〜〜〜〜

덜컥 화를 내기엔 모호하고 입을 다물고 점잖게 있기엔 좀이 쑤시는 상황들을 마주할 땐 내가 아직 감정을 표현하는 데 서툴다는 점을 체감한다. 하나하나 따지고 들면, 피곤한 성격이나 예민함을 티 내는 것으로 보일까 봐 걱정스럽기도 하다. 하지만 순순히 넘어가기엔 내 기분의 중추를 예리하게 건드리는 말을 들을 때가 있다. 웃으면서 은근히 나를 깎아내리는 데도 당황한 나머지 가만히 있었던 적도 있다. 감정을 최대한 배제하고 내 의견을 이성적으로 전달하는 방법을 알지 못했다.

"넌 왜 네 이야기를 하지 않아? 말하지 않으면 네가 어떤 생각을 하는지 몰라." 누군가 말했다. 그 말에 수긍하면서도 내 입은 열리지 않았다. 하고 싶은 이야기는 많은데 머릿속에서 정리가 되지 않았다. 한편으로는 어차피 말해봤자 상대가 받아들여 주지 않을 거라는 무력감 때문이기도 했다. 말을 한다고 한들 설득되지도 않을뿐더러 감정의 골만 깊어질 테니 대화가 의미 없는 행위로 느껴졌다. 말로 하는 것보다 혼자 글을 쓰는 게 편했다. 감정을 삭였다가 빈 종이에 새카만 글씨를 한 자 한 자 적어 내려가는 것. 글로 생각을 표현하는 건 충분한 고민과 수정 과정을 거치므로 정제된 단어를 써서 차분하게 풀어갈 수 있다.

그러나 누군가를 대면하고 이야기하면 순간의 감정이 뒤섞여 후회될 말을 내뱉기도 하고, 단어 선택을 잘못해 상대방이 내 이야기를 의도와 다르게 해석하기도 한다. 또는 적당히 받아칠 말을 떠올리다 대화가 다른 방향으로 흘러가 버리는 바람에 흐지부지 끝날 때도 있다.

상대에게 나를 이해시키기 위해 들이는 에너지가 무용하다고 느껴 입을 다물어버리면 상대는 나를 더욱 깎아내리거나 나에 대해 짐짓 다 아는 척 매도하기도 한다. 보통 불편한 이야기들은 교묘하게 농담으로 포장될 때가 많다. 무심히 듣고 지나쳤다가 어느 순간 엉킨 머리카락처럼 턱 걸려서 내려가지 않는 말들.

몇 년 전 화장품 회사에 다녔을 때 일이다. 주간회의 자리에서 마케팅 홍보 방법에 대한 아이디어를 주고받는 중이었다. 직원 대부분이 여자들이었는데, 드센 성미의 사람들이 많아 적응이 힘들었다. 3개월간의 인턴 과정에서 인사 평가를 통과하지 못하면 정규직이 될 수 없는 살얼음판 같은 직장이었다. 회의 도중에 나와 입사 동기인 동료가 내가 낸 의견을 듣고는 웃으며 말했다. "가만 보면 라비니야 씨는 기발한 아이디어가 많은 것 같아요. 캘리그래피 강사 경력 때문인지 글씨나 그림도 잘 그리고." 칭찬처럼 꺼낸 듯한 말이 들을수록 거북했다. "그림도 잘 그리고 광고 카피도 잘 뽑던데 굳이 여기서 왜 인턴을 해요? 그만두고 수업하거나 글 쓰지. 실력이 아깝다." 함께 있던 다른 여자 동기들도 맞장구쳤다. 그들의 말은 내 재능에 대한 찬탄이나 진심 어린 걱정이 아니었다. 의중이 빤히 보이는 말이었지만 별다른 대꾸를 하지 못했다. 그땐 무리에서 겉돌고 적응하지 못하는 게 세상으로부터 거부당하는 것처럼 크게 느껴졌다. 내게 회사를 그만두라는 조언을 건넨 동기의 그 말에 자존심이 상했지만 나는 웃으며 대꾸했다. "여기서 마케팅 디자인하는 데 유용하게 쓰고 있잖아요. 전 만족해요." 난 그녀가 뱉어낸 이야기가 무례하다는 것을 지적하고 싶었지만 그런 말은 꺼내지 못했다. 다들

하하 호호 웃는 분위기에 정색하며 찬물을 끼얹는 게 망설여졌다. 또한 내가 정곡을 찌르면 그녀는 손사래를 치며 자신의 순수한 의도가 매도됐다는 식으로 나를 몰아세울 게 뻔했다.

불쾌감에 감정이 복잡했지만 이후에도 난 그 동기와 친해지기 위해 구태여 노력했다. 나의 노력 덕택에 회사 생활이나 그녀와의 사이에 큰 문제는 없었다. 그러나 얼마 지나지 않아 나는 인턴 과정을 다 끝마치지 않고 회사를 나왔다.

퇴사한 뒤 들었던 생각은 내가 그들에게 잘 보이기 위해 들였던 노력이 헛수고였다는 것. 교묘하게 상대를 치켜세워주는 척하는 말에 가시가 숨어 있었고 그 가시가 나를 공격하고 있었다. 겉과 다른 이중 메시지는 주변 사람들을 동원해서 자신의 이야기를 진실인 양 포장했다.

그때의 일은, 내 자존감이 훼손당한 불쾌한 사건으로 남았다. 그들의 말에 기분이 좋지 않았으면서도 흘려보내듯 넘어간 게 지금도 마음에 남는다. 어차피 말해봤자 소용없다고 생각하면서 분위기 흐릴까 봐 입을 다무는 건 지혜로운 처사가 아니었다. 친절과 위트를 가장한 돌려 깎기엔, 똑같이 웃으면서 뻔뻔하게 받아쳐야겠다는 결심이 든 뒤에는 직장에서 누군가 업무 외에 개인사를 왈가왈부하거나 선을 넘는 질문, 무례한 농담을 할 때 불쾌감에 얼굴만 붉히지 않고 제대로 반박하게 됐다.

언젠가 점심시간에 직원들 사이에서 주말에 뭐 했냐는 질문이 오고 갔다. 대리 직급의 직원이 나를 힐긋 보며 알은체했다. "빵 좋아한다더니 주말에도 빵집 데이트 갔다 왔나봐. 그래서 그런지 요즘 살찐 것 같은데 관리 좀 해야겠다." 그 말에 난 웃으면서 말했다. "전 따로 관리할 필요를 못 느꼈어요. 제 몸은 제가 알아서 할게요."

그런 상황을 몇 번 겪다 보니 정색하기엔 분위기가 싸해질까 봐 눈치 보이고 무작정 넘어가기에 기분 나쁜 순간에 웃으면서 여유 있게 받아칠 수 있는 나름의 기술이 생겼다. 능청스럽게 웃으며 상대를 당황하게 하거나 허를 찌를 만한 답변을 할 만큼의 사회생활 '만렙 스킬'을 얻기까진 한참 멀었지만 사회초년생이었을 때보다는 훨씬 더 단단해진 것만은 분명하다.

어디서든 상대방을 깎아내리는
방식으로 대화하는 사람이 있다.

생각해주듯 말하지만,
말에 가시가 돋아 있다.

대체되기 어려운 볼트가 된다는 것

직장인으로 살다 보면 고민에 휩싸일 때가 있다. 내가 하는 일이 과연 전문성을 띠는 일인가, 발전 가능성과 성장 동력을 갖춘 일인가 하는 원론적 고민. 회사에서 자아실현을 하겠다는 뜻이 아니다. 내적 성장은 개인적으로 하고 싶은 일을 통해 이뤄나가면 된다. 남의 돈을 벌기 위해 간 곳에서 자아실현을 하겠다는 포부는 사회초년생 때나 갖는 뜬구름 잡는 꿈이라 생각한다.

내 돈 들여 하는 사업이라면 나의 기준에 맞춰 자유롭게 진행해도 무방하지만 회사 일이라면 방식이 달라진다. 내규 기준에 따르는 순차적인 절차가 존재하고, 원하지 않는 일이라도 윗선에서 요구하면 진행해야 한다. 이때 '나'는 회사가 원하는 가치와 기준에 맞춰 성과를 내기 위해 고용된 사람이니 받은 돈에 걸맞게 충실히 일해야 한다.

그렇다면 일의 전문성란 뭘까? 지금 하는 일이 돈을 벌기 위한 목적이라 해도 나 아닌 누군가로 쉽게 대체될 수 있는 일이 아니길 바란다는 뜻이다. 그래서 나는 직장에 몸담고 있으면서 언제라도 다른 부품으로 대체될 수 있는 존재가 아닌, 부품 중에서 제일 튼튼하고 쓰임새가 많아서 놓치기 아까운 볼트가 되기를 작게나마 바랐다.

처음 만나는 이에게 나를 소개할 때 웹툰 PD이자 스토리 작가라고 말하면 상대가 꽤 놀란다. 웹툰 PD는 작품의 전반적인 스토리 라인을 프로듀싱하거나 작가를 관리한다. 한마디로 만화 편집자라 이해하면 쉽다. 제일 많이 받는 질문 중 하나가 "만화를 좋아하시나 봐요"라는 말인데 전혀 아니다. 이 일을 시작했을 때 내가 '최애캐'라는 단어도 모르게 생겼다며 회사 동료들이 놀림조로 말하곤 했다. 만화에 대한 애정도 크지 않고 돈을 내고 웹툰을 본 적도 없는데 이 일을 할 수 있었던 건 스토리 각색 일을 하다가 우연한 계기로 웹툰 PD라는 직렬에서 일할 기회를 얻었기 때문이다. 돌이켜 생각하면 내가 이 직무를 할 수 있는 건 이 일을 평생 업이나 꿈으로 삼지 않고 '일'로 접근했기 때문이 아닐까 싶다. 즉 만화가 너무 좋다거나 웹툰 작가가 되고 싶다는 포부로 접근한 일이 아니라 내가 갖고 있는 경력과 연관이 있어 하게 되었을 뿐이다.

보통 내 주변에서 웹툰 편집자로 일하는 사람은 둘 중 하나인데, 만화가 좋아서 그 일을 하게 된 경우와 웹툰 작가를 지망하지만 무명이라 돈이 필요해서 시작한 경우다. 후자는 보통 작가로 데뷔하면 일을 그만둘 생각을 하고 있고, 전자는 일하는 내내 또래 친구들이 한 번쯤 거치는 '공무원 시험을 준비해야 하나?'라는 고민을 떨치지 못한다. 웹툰 PD라는 직업이 연차가 쌓인다고 봉급이 크게 오르거나 승진이 보장되는 경우가 많지 않기 때문에 다른 직종을 고민하는 것이다.

일본 만화 『바쿠만』은 우리나라 만화 편집자와 일본 만화 편집자의 차이를 확연히 알 수 있다는 점에서 흥미로운 작품이다. 일본 편집자는 작가와 수평적인 관계로 작품을 함께 만들어나가는 느낌이라면, 한국의 웹툰 PD는 작가의 스케줄을 관리해주는 매니저 역할이 크다. PD 한 명이 다섯 작품에서 많으면 열 작품까지 맡다 보니 작가 스케줄을 관리하는 것이 업무의 전부가 된다.

친구에게 만화 업계의 봉급이 얼마나 적은지 푸념한 적이 있는데 신랄한 답이 돌아왔다. "연봉은 네가 회사에서 창출할 수 있는 이익에 비례해 책정되는데, 네가 하는 일은 그 정도로 전문적이지도 않고 누구나 할 수 있는 일이니까 돈을 적게 버는 게 아니겠어?" 반박할 말이 없었다. 내가 보낸 피드백으로 작품이 보완돼도 작가들이 고마워하는 경우도 없었고, 관리하던 담당자가 바뀐다고 작품이 망하는 것도 아니었다.

그러나 나는 이왕 이 일을 하게 됐으니 잘하고 싶다. 날마다 여덟 시간을 쏟아 하는 일에 일말의 애정도 없다면 그 시간이 얼마나 괴롭겠는가. 돈을 벌기 위해 시간을 충당하는 정도로 업무를 취급하는 건 자신의 직업을 회의적으로 보는 마음가짐이자 불행을 자초하는 태도다. A급 웹툰을 만드는 안목 높은 웹툰 PD가 되겠다는 꿈을 갖고 있진 않지만 적어도 "너는 작품 보는 안목이 있어. 글을 쓰는 사람이라 연출 보는 능력이 뛰어나"라는 정도로는 평가받고 싶다.

어렸을 때는 맞춤 정장처럼 내 적성과 성격에 꼭 맞는 맞춤 직업이 있으리라 확신했다. 그 일이 글 쓰는 일이라는 믿음엔 한 치의 의심이 없었다. 난 스스로를 글을 쓰기 위해 태어난 사람이라 여겼다. 그런 믿음이 있었을 땐 생계를 위해 시작한 학원 강사나 마케터, 콘텐츠 디자이너 등의 일을 꿈이라는 목적지로 가기 전 잠깐 스치는 일 정도로 치부했다. 열정과 의욕 없이 계약서에 상정된 근무 시간을 적당히 채우는 '월급 루팡'이 되길 자처한 셈이다. 주 40시간을 이런 태도로 근무하던 시기에는 퇴근 시간과 주말만이 삶의 낙이었다.

대충 시간을 때우고 돈만 받으면 그만이라는 생각이 바뀐 계기는 작가 섭외부터 콘티 작업까지 직접 하는 작품을 맡은 뒤부터였다. 작가 섭외, 각색, 그림 콘티 피드백, 선화 수정, 채색 작업 등 여러 단계를 거쳐 한 화, 한 화 쌓아나가며 공을 들이는 사이 작품에 애정이 생겼고 일에도 애착을 느꼈다. 애정을 갖고 일을 하니 좀 더 잘하고 싶어졌고 내가 맡은 작품에 책임감도 솟았다. 작품을 리뷰하고 의견을 보태 완성시킨 후 독자들의 반응을 살펴보며 보람과 즐거움을 맛보자 일하는 시간이 더 이상 괴롭지 않았다. 단순히 돈만 벌겠다는 심보가 일을 좀 더 잘해내고 싶다는 의욕적인 마음으로 변한 것이 신기했다.

대단한 자아실현이나 내적 성장은 아니더라도 맡은 일에 최선을 다하고 싶다는 마음. 업무의 즐거움을 찾고 나니 의욕적으로 일과 생활을 병행할 힘이 생겼다. 이 변화만으로도 난 충분히 사회에서 오래 버틸 만한 단단한 볼트가 된 게 아닐까 싶다.

일에 적응하면서 즐거움과 보람도 찾고
맡은 업무를 잘하고 싶은 의지도 생겼다.

입사한 지 얼마 안 됐을 땐 회사 가는 게
지옥처럼 싫었다. 그러나 지금은,
이왕 하는 일 잘하고 싶다.

2장

내가 나를 좋아하게 만드는 법

이사 갈 집의 조건

~~~~~~~~

성냥갑처럼 좁은 고시원에서 생활하다 처음 내 집(물론 월세이긴 하지만)을 마련했을 때는 기쁨을 넘어 감격스럽기까지 했다. 훌라후프를 돌릴 수 있을 만큼의 넉넉한 공간을 갖는다는 사실이 마냥 행복했다.

지방에서 올라온 나에게 서울에 대한 이미지는 화려한 네온사인이 가득한 '강남'으로 남아 있다. 강남이 서울의 중심이며, 서울은 곧 강남이라고 생각했다. 첫 직장이 강남권에 위치해 근방에서 자취를 시작했다. 강남권 안에서 터전을 잡고 생활하다 보니 익숙한 환경을 벗어나고 싶지 않았다. 그래서 살던 집을 나와야 하는 시점에 중요하게 생각했던 이사 조건 중 하나는 거주지가 강남권이어야 한다는 것이었다.

심지어 지하철 노선도의 주황색 라인을 볼 때 안정감을 느꼈다. 3호선에 고속터미널역이 있기 때문이었다. 사회초년생 땐 주말마다 고향 집으로 내려가는 게 일상이었으니 집과 고속터미널역이 가깝다는 건 큰 이점이었다.

직장은 신사동 가로수길에 있었기에 그 근방의 고시원에서 살았다. 집은 개미굴처럼 비좁았지만 주변에 편의시설이 많고 치안이 좋다는 점은 만족스러웠다. 고시원에서 해방되어 첫 집을 구할 때도 역시 거주지 선택의 조건은 강남권이어야 한다는 것. 두 번째는 고속터미널역과 가까운 역 근처여야 한다는 것이었다. 빠듯한 월급쟁이에게 강남은 문턱이 높은 만큼 선택의 폭 또한 좁았다. 고심 끝에 강남의 끝이라 할 수 있는 매봉역 인근을 선택했다. 산책하기 좋은 양재천과 도서관이 가깝다는 점이 마음에 들었다. 의도치 않게 근처에 맛좋은 빵집이 있다는 점도 빵순이인 나를 기쁘게 했다.

매봉역에 구한 나의 첫 집은 투룸 정도의 넓은 원룸이었는데 이사 온 첫날 창문을 보고 놀랐다. 커튼을 젖히자 나타난 창문은 열리지 않는 구조였다. 창문 아래 벽에 이끼처럼 곰팡이가 피어 있는 것을 보니 참담했다. '세심하게 봤어야 했는데 경솔했다'라는 생각이 들었지만 계약서에 도장을 찍고 보증금도 건네준 뒤였다. 오래되고 낡은 건물이니 어쩔 수 없었다. 이 정도 가격으로 강남에서 산다는 건 축복이라고 스스로를 다독였다. 열리지 않는 특이한 구조의 창문과 밀린 장판만 못 본 척한다면 그런대로 살만 했다. 그러나 마음속으로는 굳은 다짐이 절로 들었다. 다음번에 이사할 땐 창문이 열리고 곰팡이가 없는 깨끗한 신축 건물로 가겠노라.

어느덧 계약 기간 2년을 채우고 집을 다시 구할 때가 되자 다짐했던 것과 다른 기준이 세워졌다. 월세를 줄이고 싶다는 생각이 들었다. 매달 낸 월세 2년 치를 계산해보니 대출금을 갚고도 남는 금액이었다. 허탈했다. 열심히 번 돈을 임대인에게 고스란히 건네야 한다는 점이 억울하기도 했다. 이젠 고속터미널역과 가깝지 않아도, 3호선이 아니어도 괜찮았다. 월세가 저렴하고 창문까지 열리는 곳이라면 어디든 좋았다.

부동산 사이트에 올라온 집 중 괜찮은 매물을 발견해 연락을 취했다. 직접 가서 집을 보니 쾌적하고 깨끗한 편이었다. 월세도 이전에 살던 집보다 저렴하였으며 창문도 열리고 베란다까지 있었다.

곧바로 계약을 진행했다. 이전 세입자의 흔적을 지우고 내 공간으로 꾸미기까지 시간이 제법 걸렸다. 막상 이사 와 보니 놓친 부분이 많았다. 부엌 배수구의 시커먼 물때는 한

번도 닦은 적이 없는 듯 세월의 더께를 간직하고 있었다. 내려앉은 싱크대, 삐걱대며 닫히지 않는 현관문, 건물 앞을 어슬렁거리는 바퀴벌레. 성급히 계약서에 도장을 찍은 내 불찰이었다. '그래도 이번에 목표한 건 다 이뤘잖아.' 묵은 때를 열심히 벗기고, 고장 난 곳을 수리하며 자신을 위로했다. 임대인들도 바보가 아니니 고급스러운 신축 빌라를 저렴한 월세로 내놓지 않는다. 이곳이 월세가 저렴한 건 그만한 이유가 있기 때문이었다.

　지워지지 않는 묵은 때 위에는 시트지를 붙이고, 삐걱대는 현관문을 수리하고, 물이 새는 호스는 교체했다. 이곳저곳 손보니 그럴싸한 구색을 갖춘 내 공간이 탄생했다. 셀프 인테리어는 금방 끝날 것 같지 않았지만 한결 정돈된 모습을 보니 내심 뿌듯했다. 커튼과 침구의 컬러를 화이트로 통일하니 나만의 호텔 방을 만든 것 같았다. 내 손길을 거친 새 집을 둘러보며 간절히 바랐다. 좋은 기운이 가득한 공간이 되기를, 내 마음과 몸의 편안한 안식처가 되기를.

중개인의 언변에 속아 덜컥 계약했지만,
노후화된 집은 상태가 좋지 않았다.
그리고 더 큰 문제는….

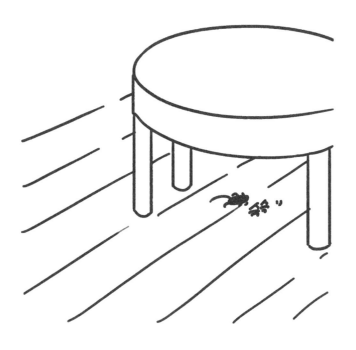

구석에 숨어 있던 이 녀석!

이사 오자마자 발견한 바퀴벌레는
거꾸로 달린 문손잡이나 시도 때도 없이 막히는
배수구보다 더 충격이었다.

삶이 엉망이라고 느낄 땐 청소를

하루의 피곤을 짊어지고 집으로 돌아오는 발걸음은 모래주머니를 찬 듯 무겁다. 도어록 소리가 집 안의 적막을 깨운다. 캄캄한 공간에 불을 밝히는 순간, 지친 몸과 마음이 와르르 무너진다. 불이 켜지자 제일 먼저 눈에 띄는 건 출근할 때 입을 옷을 고르면서 만들어놓은 옷더미와 지난밤 늦장을 부리다 정리하지 않은 더러운 식기들이 가득한 싱크대다. 옹색한 방 안은 이사 가기 전날의 정리되지 않은 풍경을 연상시킨다.

처음 살았던 월셋집은 짐을 쌓아두는 창고이자 수면을 위한 공간에 지나지 않았다. 고시원에 살 때는 비좁은 공간에 내 몸 하나 넣을 공간도 부족해서 본능적으로 짐을 줄이려고 노력했다. 의도치 않은 미니멀리즘을 실천하며 살다가 13평의 원룸으로 이사했을 땐 그 흔한 책상이나 옷장, 침대조차 없이 서랍과 행거뿐이라 집 안이 휑뎅그렁했다. 그러나 얼마 지나지 않아 공간은 빈틈없이 채워지기 시작했다. 어쩌면 내 안에는 맥시멀리스트의 피가 흐르고 있었는지도 모른다. 텅 비어 있는 넓은 공간을 새로운 물건과 장식으로 차곡차곡 채워 넣었다. 색칠 놀이를 할 때도 흰 여백은 절대 용납하지 않았던 강박적인 성향이 발휘된 걸까. 방 안은 절제나 모던과는 거리가 먼 공간으로 변모했다.

그렇게 물건으로 꽉꽉 들어찬 공간은 청소할 때 고역이었다. 그들먹한 물건들의 향연을 보면 막막했다. '도대체 어디서부터 어떻게 손을 대야 하는 걸까?' 눈에 보이는 물건들을 서랍에 감추고 옷을 가지런히 하고 바닥을 물걸레질해도 청소한 티가 나지 않자 쓸고 닦고 정리하는 행위가 무용하게 느껴졌다.

미국 소설가이자 저널리스트인 조이스 메이나드가 "좋은 집이란 사는 게 아니라 만들어지는 것이다"라 했는데, 내가 사는 공간은 아무리 애써도 좋은 집과는 거리가 멀었다. 휴식하고 싶은 편안한 공간을 꿈꿨지만, 현실과 로망은 간극이 컸다. 널려 있는 세간을 보면 그 모습이 꼭 내 머릿속 같았다. 퇴근 후엔 번잡한 집에 가는 게 싫었다. 주말에도 침대 위에서 뒹굴뒹굴하며 여유를 부리기보단 일찌감치 외출하여 카페에서 책이라도 읽는 게 편했다. 나는 내가 사는 공간을 사랑하지 않았고, 곧 떠날 임시 거처처럼 관리에 소홀했다. 집에 있어도 편안하지 않은 건 휴식의 공간이 부재하다는 뜻이니 늘 마음 한편이 무거웠다.

그 후 두 번째 집으로 이사할 무렵 공간 디렉터 최고요 작가가 쓴 『좋아하는 곳에 살고 있나요?』라는 책을 읽었다. 이 책에서 작가는 인테리어가 단순히 공간을 꾸미는 것을 의미하는 게 아니라 삶을 가꾸는 방식임을 말해준다. 집을 가꾼다는 것이 곧 우리의 생활을 돌본다는 것과 일맥상통한다는 말에 고개를 끄덕였다. 이 책 덕분에 내가 생활하는 공간을 두루 살펴보게 되었다. 그리고 자문해보았다. 내가 나를 보살피는 일에 정성을 다해본 적이 있던가?

집이라는 공간을 소중하게 생각해본 적이 없었다. 잠시 머물다 떠나는 유목민의 천막처럼, 쏟아지는 비를 잠깐 피하는 정류장처럼 여겨왔다. 이사를 하게 된 집이 꿈에 그리던 집은 아녔다. 경제 상황에 맞춰 고르다 보면 내 마음과 다른 곳을 필연적으로 선택할 수밖에 없었다. 차선책보다는 차악을 택하는 게 익숙했다. 그러나 앞으로는 내가 사는 공간을 사랑하고 싶다는 생각이 들었다. 언젠가 좋은 집에 살 거라며 허황된 꿈을 꾸는 것이 아니라 지금 내가 머무는 공간을 사랑스럽게 바꾸고 싶다는 의지가 솟았다. 세간을 취향껏 고르고 골랐다. 불필요한 물건이나 장식을 줄이자 집 안을 정돈하기가 수월했다. 중구난방으로 흩어져 있던 물건들이 제자리를 찾자 필요할 때 쓰기 편했다. 짐을 줄이고, 통일성을 부여하자 훌륭한 공간이 탄생했다.

새로운 습관도 생겼다. 삶이 엉망이라 느껴지고, 마음대로 되지 않는 현실에 조급할 땐 손에 걸레를 든다. 꼼꼼하게 바닥을 닦고, 세면대 틈새에 생긴 물때를 닦아낸다. 주변이 본래의 깨끗한 모습을 찾아갈 때의 희열과 보람은 작지만 확실하다. 내려앉은 먼지들을 말끔히 닦아내면 복잡했던 마음과 생각이 정리된다. 그러고 나면 정성을 들인 공간이 사랑스럽고 어느새 나도 꽤 괜찮은 사람처럼 느껴진다.

이사 전에는 비좁은 공간 탓에
예쁜 인테리어를 꿈도 꾸지 못했지만

이사 후 의욕적으로 청소를 하게 됐다.
마음이 불안할 때도 청소를 한다.
새로 생긴 좋은 습관.

수면보다 가치 있는 아침 식사

부모님과 함께 살 땐 아침을 먹는 게 당연했다. 하루를 여는 익숙한 소리는 부엌에서 아침밥을 만드는 엄마의 규칙적인 움직임에서 시작됐다. 토드락, 토드락 도마와 칼이 부딪치는 일정한 소리, 픽, 피익 더운 김을 내쉬는 압력밥솥의 숨소리가 들릴 때쯤 건더기가 푸짐하여 파는 것과 비교할 수 없는 된장찌개가 끓어오르는 맛있는 소리까지 곁들여진다. 그 소리를 듣고 있노라면, 아침이 시작됐구나 하는 생각이 잠결에 스치곤 했다.

'일어나야 하는데…….' 하다가 '조금만 더 자야지'로 생각이 넘어가면 부엌 소리는 어느새 저만치 멀어지고 다시 잠에 빠져들었다. 그렇게 얕은 잠을 떨치지 못하고 있으면 어김없이 방문이 열렸다. 구뜰한 된장찌개 냄새가 방 안에 훅 끼쳐온다. 그 어떤 향수나 디퓨저보다 진한 아침 내음이다. 그 냄새를 맡으면 오늘도 새로운 하루가 밝았음을 깨닫지만, 쉬이 몸을 일으키지 않아 엄마를 애먹이던 늦잠꾸러기가 바로 나였다. 마지막 발악처럼 이불을 머리끝까지 뒤집어쓰면, 엄마는 이불을 들추고 내 등을 찰싹 때리며 말했다. "아침 먹어라. 밥은 먹고 가야지." 그 말이 당시엔 듣기 싫었다. 나에겐 든든한 한 끼보다 짧지만 달콤한 10분의 수면이 간절했다. "더 자고 싶은데." 투덜거리며 이불 속에서 꾸물거렸다. 그러고도 한참 후, 아빠와 언니의 밥그릇에 밥이 반절이나 사라질 즈음에야 나는 마지못해 식탁에 앉았다.

혼자 사는 지금, 고요한 아침에 나를 재촉하는 건 알람밖에 없고, 찰나의 달콤한 수면은 일상이 됐다. 아침에 일어날 때마다 작지만 큰 결심이 필요하다. 곰작대는 10분은 마음의 준비를 하는 중대한 시간이다. 조금 더 뭉그적대면 틀림없이 지각하겠다 싶은 시각에서야 몸을 일으킨다. 그러고는 급히 출근 준비하느라 우왕좌왕. 집에서 아슬아슬하게 나와 만원 지하철에 몸을 욱여넣고 나서야 안도의 한숨을 내쉰다. 어깨를 잔뜩 움츠린 상태로 지하철의 덜컹거림에 몸을 맡기며 '오늘'의 출발점을 잘못 찍었다는 패배감에 휩싸이는 출근길. 이럴진대 '균형 잡힌 아침 식사와 여유로움'이 가당키나 하겠는가. 고향 집에 살 때 밥 먹으라는 엄마의 음성을 귀찮은 알람음처럼 여겼던 나를 반성하며 당연하게 주어졌던 아침밥의 소중함을 절실히 알게 됐다.

자취를 시작한 뒤 군것질로 허기를 달래고, 점심과 저녁은 배달 음식으로 때우는 생활을 지속하다 보니 신체 리듬에 균열이 갔다. 그 신호는 화장실에서 제일 먼저 나타났다. 개운하게 볼일을 보기 어려웠고, 염소의 것처럼 적은 양의 대변을 찔끔 누고 찜찜한 기분으로 화장실을 나섰다. '오늘은 나올까?' 고심하며 막중한 임무를 수행하는 비밀 작전의 수행자처럼 굴어도 역시나 실패.

아랫배가 무거운 추를 매단 것처럼 둔중하고, 배 속에 가스가 자주 찼다. 잔변감 때문에 컨디션이 연일 난조였다. 섭취와 배설의 상호 관계가 원활하게 이루어져야 신체 리듬이 정상적인 작동을 하는 법인데 섭취하는 만큼 배설이 이뤄지지 않으니 힘들었다. 바깥 음식만 먹다 보니 대장에 무리가 간 것 같아 숙변에 도움이 될 만한 아침 식사를 하기로 마음먹었다. 요리에는 도통 재능이 없어 엄마의 된장찌개는 흉내조차 낼 수 없으니 간단한 과일이 좋겠다 싶었다. 펙틴 성분이 함유된 사과가 장을 보호하고 변비 예방에도 효과가 좋다고 하여 챙겨 먹기 시작했다. 입맛 까다로운 내가 질리지 않고 한 가지 과일만 먹는 것은 어려웠으므로 철에 따라 봄에는 딸기, 여름에는 복숭아, 가을과 겨울엔 사과를 먹었고, 블루베리는 사시사철 곁들였다.

　어느 날 연남동에 있는 이색적인 카페에 간 적이 있다. 곡물을 직접 구워 그래놀라를 만들고 말린 과일과 조합하여 다양한 요거트를 맛볼 수 있는 그래놀라 전문 카페였다. 말차, 딸기, 카카오 등 취향껏 선택한 그래놀라를 요거트에 섞어 먹을 수 있는 곳인데 보자마자 눈이 휘둥그레졌다. 당이 함유되지 않은 되직한 요거트에 제철 과일과 바싹하게 구운 그래놀라가 소복이 올라간 비주얼이 눈을 사로잡은 것은 물론이고, 한입 먹어보니 시큼한 요거트에 새콤달콤한 과일이 단맛을 더해 끊임없이 먹을 수 있겠다는 생각이 들 정도로 맛있었다. 그래놀라의 바삭함도 씹는 재미를 더했다. 한 그릇을 비운 뒤에도 아쉬워서 그릇에 남아 있는 요거트의 잔해를 숟가락으로 박박 긁어 먹었다. 건강한 한 끼를 대접받은 기분. 아침에 이렇게 정갈한 식사를 하면 입도 즐겁고, 유산균제를 따로 복용하지 않아도 될 것 같았다. 과일과 곡물, 소화에 도움을 주는 요거트의 조합을 경험한 후로 내 아침 메뉴엔 요거트가 곁들여졌다.

요거트는 과일의 단맛을 살리기 위해 당도가 없는 제품을 선택했고, 식사다운 식사를 하고 싶을 땐 유기농 그래놀라를 얹은 후 과일을 예쁘게 썰어 넣었다. 화룡정점은 꿀 한 스푼. 꿀을 넣으면 달콤한 향과 맛이 요거트의 맛을 배가시켜 달콤함과 새콤함, 부드러움의 삼박자가 더욱 강해진다.

이젠 아침 10분의 단잠을 포기하고, 잠에서 깨자마자 침대에서 일어난다. 지난밤 깨끗하게 닦아둔 과일을 먹기 좋은 크기로 썬 다음 요거트에 툭 넣은 뒤 꿀이나 올리고당을 한 스푼 두른다. 과일과 요거트를 섭취하니 아침마다 화장실 가기가 한결 편했다. 매일 일생일대의 과제를 받아든 사람처럼 변기 위에서 입술을 악물고 끙끙거리며 신음하던 날들이 줄었다. 요거트는 아침을 여는 새로운 습관이자 일상의 질을 높여준 신통한 발견이었다 .

건강을 위해
일찍 일어나
간단하게 아침을
챙겨 먹는다.

요거트를 먹고 나서부터
변비 탈출에 성공한 나.
더욱 상쾌한 아침을 맞이하게 됐다.

공간의 분리, 마음의 분리

~~~~~~~~

인테리어 잡지의 호화로운 실내장식과 앤티크 가구는 보는 이의 마음을 근사하게 만든다. 첫눈이 펼쳐진 보드라운 들판을 닮은 침대 시트, 발끝에 닿는 포근한 러그, 얼룩이나 지문의 흔적이 조금도 없는 거울, 꼭 필요한 제품이 알맞은 위치에 정돈되어 있는 욕실. 이처럼 훌륭한 공간은 번잡한 마음도 청정하게 만드는 힘이 있다. 잡지 속 인테리어의 특징을 꼽자면, 넓은 공간과 용도에 따른 공간의 분리가 아닐까. 방마다 쓰임에 맞춰 인테리어 콘셉트를 다르게 잡아 꾸민 집을 심심치 않게 볼 수 있다.

내가 머무는 곳은 8평 남짓한 원룸으로 부엌과 침실이

한곳에 존재한다. 잠을 자고, 밥을 먹고, 책을 읽는 생활의 모든 부분이 한곳에서 이뤄지니 공간의 경계선이 모호하여 '혼돈의 카오스'가 되기 십상이었다. 가령 부엌 옆에 침대가 있으니 음식 냄새가 시트에 배기 쉽고, 잠을 잘 때 안정감 있는 공간에 감싸여 휴식을 취하는 느낌을 받기 어려웠다. 화려하고 멋진 인테리어를 실현하긴 어렵더라도 휴식 공간과 생활 공간은 분리하고 싶었다.

나는 내 집에 방문하는 누군가가 문을 열고 들어서는 수 초 동안 나의 공간이 담고 있는 이야기에 호기심 어린 기대를 갖기를 바랐다. 기대감이 고조되기 전에 생활 반경이 한눈에 파악되면 재미나 감동도 없을뿐더러 내밀한 사생활이 노출되는 것 같아 신경이 쓰였다. 또한 휴식 공간이 외부와 분리되어 있는 느낌을 주고 싶기도 했다. 그래서 현관문 우측에 철제 파티션을 설치했다. 그러고 나니 문을 열고 들어왔을 때 침실과 부엌이 노출되지 않아 마음이 한층 편안했다. 침실과 부엌의 공간을 나누기 위해 침대 위쪽에는 봉을 달고 커튼을 설치했다. 평소에는 커튼을 끈으로 묶어두었다가 잠자기 전에 중요한 의식을 치르듯 펼쳤다. 바닥까지 길게 늘어진 레이스 천이 차르르 떨어지면서 예쁜 주름을 만들어냈다. 조명을 받은 커튼이 마치 무도회장의 드레스 같아 아름다웠고, 부엌이나 책상이 보이지 않도록 가려주어 한층 안정감을 주었다. 그런 환경에서 이불에 폭 감싸여 있으면 제법 아늑한 기분이 들었다.

가벽의 설치는 마음의 착시 효과를 일으켜 한 공간을 다양한 공간으로 인지하도록 만든다. 침대에서는 휴식에 최선을 다하고, 부엌에서는 요리에 집중하고, 조명을 켜둔 창문가 테이블에서는 작업에 열중한다. 의자에 앉으면 온오프 버튼이 작동하듯 자동적으로 작업 모드에 돌입하면서 집중력도 좋아진다. 좁은 공간이지만 자리마다 역할을 부여해 효율적으로 활용하면 생활도 한결 정돈된다.

그러나 주거 공간과 달리 마음에 파티션을 치는 것은 쉽지 않았다. 타인으로부터 받는 스트레스, 주변 시선들을 의식하며 예민해지는 마음은 사람들을 벗어나 혼자 있을 때도 엉킨 실처럼 풀리지 않았다. 침대에 몸을 뉘여도, 따뜻한 차로 목을 축여도 쉽게 가라앉지 않았고 실타래의 엉킨 시작점을 찾다가 피곤에 지쳐 잠들기 일쑤였다. 외부에서 받은 상처를 집까지 끌고 들어오는 게 싫었지만, 버리고 싶다고 버려지는 감정이 아니었다.

자존감이 무너지지 않기 위해서는 마음을 돌볼 수 있는 나만의 공간도 필요한 법. 화살처럼 꽂히는 아픈 말들, 눈치

보는 마음, 남과의 비교로 끝없이 추락하는 자신감. 이 모든 감정들이 무분별하게 침입하는 건 마음의 공간이 외부와 분리되지 않았기 때문일 것이다. 타인을 받아들이는 마음과 내 감정을 지키는 자존감이 적절히 균형을 이뤄야 하는데, 그 경계선을 지키는 마음의 파티션이 나에겐 없었다. 마음의 가벽이 있다면, 사람들과 부딪혀 상처받더라도 그 감정이 마음 전체를 지배하여 삶의 무기력과 의욕 저하로까지 이어지진 않았을 것이다.

내 마음의 상태는 8평짜리 원룸처럼 조그맣지만, 크기를 넓히려 애쓰며 스트레스를 받고 싶지 않다. 차라리 비좁지만 의외로 따뜻하고 예쁜 구석도 있다고 솔직하게 말하겠다. 앞으로도 난 타인의 말에 상처받는 자신을 보호하기 위한 마음의 파티션을 갖추는 데 힘쓸 것이다. 그래야 비로소 사람들의 판단에 흔들리거나 상처받는 대신 나로서 온전히 뿌리내릴 수 있을 테니. 마음의 파티션 안에서 자신을 조용히 들여다보는 시간을 갖는다면 타인의 눈치를 보거나 조급해서 놓쳤던 중요한 감정을 발견할지도 모른다.

실제 집은 아트디렉터나 디자이너에게 요청하여 설계를 뜯어고치거나 디자인을 바꿀 수 있지만, 마음의 집은 그럴 수 없다. 누군가의 도움 없이 스스로 만들어야 한다. 부족한 솜씨더라도 뚝딱뚝딱 만들어가다 보면 언젠가 스스로에게 가장 편안하고 나를 꼭 닮은 견고한 집이 완성되리라 믿는다.

나만의 공간에서
휴식을 취할 때
더없이 충만해진다.

우아하게 살고 싶어

～～～～～

관심사에 따라 시기마다 챙겨 보는 것들도 달라진다. 이십 대 초반까지는 가벼운 일상 만화나 로맨틱 코미디 드라마를 주로 보았고, 이십 대 중반 이후엔 인문학 강연을 듣거나 소설을 읽었다. 식사가 즐거운 유희이자 취미인 내게 밥을 먹으면서 좋아하는 것들을 보거나 읽는 일은 가장 행복한 시간이다. 그래서 식사 시간에 보는 것들을 통해 그 시기의 내 관심사를 알 수 있다.

요즘은 평범한 사람들의 브이로그를 챙겨 본다. 기승전결 없이 흘러가는 타인의 일상을 보노라면 생각이 정리되는 느낌이다. 비슷한 삶을 사는 누군가에게 동질감 같은 것을 느끼기도 한다. 부지런히 움직이는 그들을 보다가 정돈되지 않은 내 방에 시선이 머무르면 이내 안 되겠다 싶은 마음이 들어 브이로그 속 주인공들처럼 빨래를 개키거나 이불을 정리한다. 또는 최소한의 양심으로, 꺼진 쿠션을 매만져 볼륨을 되살린다.

내가 브이로그를 본다고 하면 친구들은 연예인도 아닌 평범한 누군가의 하루를 보는 게 뭐가 재미있느냐며 의아해한다. 처음엔 나도 타인이 밥해 먹고, 일하는 영상을 왜 보는지 이해하지 못했지만 지금은 애청자가 돼버렸다.

얼굴도 모르는 그들의 일과를 시청하는 건 왜일까. 그 심리가 뭔지 파악하다 내린 결론은 이렇다. 흘러가는 일상의 패턴은 나와 같지만 그 안에서 행동하는 디테일의 차이 때문이라고. 그들의 삶에 축제처럼 즐거운 유희거리나 이벤트가 연이어 이어지는 것도 아니다. 그저 주어진 환경에서 열심히 일하고 잘 챙겨 먹으며 좋아하는 것들로 삶을 채워간다. 귀찮아서 지나칠 수 있는 부분도 세세하게 신경 쓰는 모습. 그런 태도를 보며 자신을 대접할 줄 아는 사람들이라는 인상을 받는다. 불특정 다수에게 보여주는 영상을 찍어야 하니 의식적으로 신경 쓰는 것일 수도 있지만, 그런 모습이 좋아 보인다. 일과를 나름의 방식으로 바지런히 꾸려가는 게 우아하게 느껴진다. 이들의 영상을 보면 나 또한 의욕적으로 생활을 꾸려가고 싶은 욕구가 인다.

한때는 나도 브이로그를 찍으면 어떨까 상상한 적이 있다. 카메라 프레임에 담길 모습을 머릿속으로 그리다 이내 고개를 저었다. 회사에 다녀온 뒤 무기력하게 침대에 쓰러져 있는 경우가 많은 까닭이었다. 환기가 안 된 답답한 공간, 정리되지 않은 세간, 빨래 건조대 위에 아무렇게나 걸쳐진 옷더미. 그런 상태를 방치하고 그저 침대에 누워 휴대전화만 들여다보기 일쑤였다. 내 하루는, 얼굴을 가리고 찍는다 해도 지켜보는 내가 낯 뜨거울 만큼 초라했다.

구독한 브이로그 채널은 두세 개. 이들은 모두 자신을 위한 한 끼를 근사하게 만들고, 기분과 날씨에 어울리는 의상을 코디하며, 소소한 취미로 일상에 재미를 더한다. 일주일에 한 번씩 업데이트되는 그들의 평범한 일과를 기다리는 까닭은 나도 그런 태도로 삶을 살고 싶기 때문이다.

"저에겐 삶의 디테일이 중요합니다. 왜 디테일이냐고요? 그건 간단합니다. 우리는 결국 디테일로 말할 수밖에 없습니다. 우리가 어마어마하게 중요한 정책 결정권자도 아니고, 우리가 의사 표현을 할 수 있는 것은 자기 삶의 디테일뿐입니다."

『사생활의 천재들』이라는 책에서 야생 영장류 학자 김산하가 한 말이다. 제인 구달에게 영향을 받았다는 그는 일상에서 지킬 수 있는 환경오염을 줄이는 법을 사소한 것부터 실천했다. 무심코 지나치기 쉬운 부분도 규칙을 세우고 지키는 행동력이 그의 삶을 지탱하는 뿌리가 되어준 것이다. "왜 그런 사소한 부분까지 신경 써?"라고 생각하는 지점까지 정성을 들이는 습관. 이런 디테일이 쌓여 삶을 풍요롭게 만든다. 내 삶을 설명하는 방법, 나라는 사람을 보여줄 수 있는 건 아주 사소한 것들임을 깨닫는다. 누가 보든 보지 않든 정성스럽게 삶을 일구는 자들에게서 흐르는 그 멋이 그들을 주인공으로 만드는 게 아닐까. 그 우아함을 본받고 싶다.

영상을 보다 나도 브이로그를 찍고 싶어서 촬영을 시도한 적이 있는데
보기 좋게 일상을 꾸미고 카메라에 담는 건 생각보다 어려웠다.

실제 내 모습은
감성적인 브이로그 영상과 전혀 달랐기 때문.
브이로그 도전은 흐지부지 끝나고 말았다.

내 생애 맑은 날

〰〰〰〰

러닝타임이 긴 영화를 빨리 감기 없이 꾸역꾸역 보듯 지루한 장마가 연일 계속되던 때였다. '장마'라는 제목의 영화 크레 딧 화면이 끝나기를 애타게 기다렸다. 그 끝에 맑게 갠 하늘 을 본다면 더할 나위 없이 좋겠다 싶었다. 아침에 눈을 떴을 때 우중충한 하늘은 누적된 피로를 내리 덮었고, 맑은 하늘을 본 게 언제인지 기억이 까마득했다. 이런 날은 이불 속에서 뭉그적거리고 싶지만, 무거운 몸을 일으켜 외출복을 꺼내 입 었다. 출근길에 오르는 일상은 직장인이라면 피할 수 없는 숙 명이었다. 8시를 조금 넘긴 아침, 곁에 있던 동료도 힘든 기 색이었다. 책상에 한쪽 얼굴을 기대고 앓는 소리를 냈다.

"날씨 때문인지 축축 처지네요." 카페인으로도 회생 불가능한 무기력. 동료의 말을 곱씹으며 손을 꼽아보았다. 인생에서 맑게 갠 날은 얼마나 될까. 생을 날씨로 비유했을 때, 내 인생의 일기예보는 그야말로 들쭉날쭉. 되돌아보면 맑고 화창한 날보다는 먹구름이 끼거나, 구름 많음 또는 흐림 상태가 많았다. 그나마 위안이라면 태풍이나 장마가 없다는 것 정도였고, 먹구름처럼 밀려오는 불운은 필사적으로 거부하려 들었다. 왜 나에게만 이런 일이 생길까. 나만 되는 일이 없는 것 같아. 자책과 원망의 연속이었다.

불교에서는 '일체개고' 즉 살아 있는 것 자체가 고통이라는 의미의 싯다르타 가르침을 전한다. 불행이 삶의 전제이며, 행복은 불행 속에 움트고 꽃피우는 '기적'이나 '우연'과 같은 것이라는 뜻이다. 삶은 당연히 행복해야 한다는 전제에서 보면 주어진 모든 것이 눈에 차지 않고 가진 것에 만족하기 어렵다. 괜찮은 조건에서, 좀 더 근사하고 멋진 삶을 사는 이들을 부러움과 찬탄의 시선으로 보게 된다. 기준이 높으니 만족을 모르고, 늘 내가 가진 조건보다 높은 지점을 올려다본다. 내 손에 쥔 것보다 남이 가진 떡이 더 커 보이면 결핍과 불행이 따라다니는 흐린 날의 연속이다 .

맑은 하늘을 보는 게 당연하지 않음을, 긴 장마를 겪으며 알게 됐다. 파란 하늘에 유영하는 흰 구름의 움직임에 향수를 느끼자 맑은 아침 하늘의 소중함을 깨닫게 된 것. 화창한 하늘을 맞이하는 일상이 당연한 게 아니었다. 흐렸던 하늘에 구름이 걷히고 해가 비추는 것도, 계획했던 일을 무사히 끝내고 홀가분하게 퇴근하는 길도, 기다리지 않고 바로 버스에 올라탄 작은 행운도 내게 주어진 1인분의 행복이다. 무탈히 흘러가는 일상이 당연하지 않음을 아는 것만으로도 행복을 느끼는 감각을 발달시킬 수 있다.

해야 할 일이 쌓여 머리가 아프고, 회사 생활에 진력이 나서 퇴사하고 싶은 순간에도 그 모든 불행 속에서 마음의 심지를 꼿꼿하게 잡아주는 건 작은 행복을 곱씹는 순간들. 퇴근 후 개운하게 씻은 뒤 보송한 이불에 폭 싸여 뒹굴고 싶다, 주말엔 좋아하는 작가의 신간 도서를 질릴 만치 실컷 읽어야지, 맛있는 빵과 커피를 천천히 음미하며 먹을 거야, 산뜻한 섬유유연제 향에 폭 싸여 책을 읽다 낮잠을 늘어지게 자야겠다 등등 행복한 순간들을 떠올리자 경직됐던 마음의 근육이 이완된다. 하고 싶은 걸 할 수 있는 여유를 떠올리는 것으로 무기력을 상쇄시킬 수 있다.

어린 시절엔 맑게 갠 하늘을 닮은 행복이 좀 더 많았다. 주변의 모든 것이 장난감이었기 때문일까. 들녘에 핀 꽃도,

비온 뒤 물이 고인 웅덩이도 모두 놀거리였다. 미래의 행복보다 오늘 내게 주어진 즐거움을 찾던 때. 호기심으로 똘똘 뭉쳐 있는 아이의 눈빛에는 생이 깃들어 있다. 날씨가 맑든 흐리든 아이의 눈엔 매일이 즐거움의 연속이다. 순간의 행복을 채워줄 놀잇감을 찾아다니던 때의 호기심과 행복 회로를 다시 갈고 닦아야 할 때다.

이 글을 쓰는 오늘, 창밖으로 오랜만에 말간 햇살이 내비쳤다. 지독하게 이어졌던 장마 끝에 청명한 햇살을 선물로 받자 기분이 들떴다. 굳게 닫아놨던 창문을 열고, 밀려 있던 빨래를 해치우기 좋은 날씨다. 추진 빨래에 물기가 완전히 말랐을 때의 솜털처럼 부숭부숭한 촉감을 오랜만에 느낄 것을 생각하자 미소가 절로 지어졌다.

365일 늘 맑을 순 없다는 걸 알면서도
비 오는 날을 썩 좋아하지 않는다.

우산을 씌워주던 친구는 말했다.
흐린 날이 있어야 맑은 날도 있는 법이라고.

그 말을 듣고 깨달았다.
늘 맑은 날만 있는 게 좋은 일이 아님을.

무엇보다 비가 온 뒤의
맑은 하늘에는 뜻밖의 선물이 있다는 사실.

작은 일탈의 즐거움

~~~~~~~~

짙은 피로감이 켜켜이 쌓였다. 한입 베어 무는 순간 파사삭 소리와 함께 바스러지는 립파이처럼 산산이 부서지기 일보 직전인 상태. 회사란 공간은 생기와 활력을 빼앗는 기묘한 힘이 있다. 몸담고 있는 순간, 달콤한 간식에 의존하지 않으면 오후 나절까지 끈기 있게 자리를 지키기가 어렵다. 좀이 쑤시고 의욕이 없으니 하루의 목적은 오직 꿀맛 같은 점심시간과 홀가분한 퇴근뿐이다.

평소와 다름없던 어느 날, 퇴근 시간이 가까워지자 마음이 급해졌다. 일을 마친 뒤 버스를 타고 좀 더 멀리 가보기로 한다. 해가 길어진 여름, 유독 푸르른 저녁 하늘이 곧장 집에 가려는 내 발걸음을 다른 길로 이끈다.

　달콤한 디저트와 함께하는 티타임을 갖고 싶었다. 맛있는 디저트와 따뜻한 차가 있는 카페로 향하는 발걸음이 가볍다. 회사를 나서는 순간, 연락이 두절된 작가나 수정해야 할 원고는 뇌리에서 지웠다. 회사와 내 생활 사이의 경계는 비교적 명확하게 두려고 하는 편이다. 걱정한다고 해서 소식 없던 원고가 들어오거나 일이 잘 풀리는 게 아니니까. 일에 대한 스트레스로 속앓이하면 결국 나만 손해라는 걸 알기에 회사 업무에 대한 고민은 잠시 미뤄둔다. 스위치 버튼을 누르듯 퇴근 후엔 회사 모드를 오프하고, 생활인으로서 온 버튼을 누른다.

　버스 차창 너머 보이는 푸르른 나무와 살짝 저문 태양의 흩뿌린 붉은 음영이 미술 작품의 과감한 붓 터치와 닮았다. 버스 창문을 살짝 열어 바람을 쐬니 답답했던 가슴이 탁 트인다. 이른 퇴근 시간이라 버스 안이 한산한 것도 마음에 들었다. 퇴근하기 딱 좋은 날씨네.

　이윽고 도착한 카페. 이곳의 명당자리는 볕이 잘 드는 창가다. 매번 이곳에서 먹는 메뉴는 녹차 파운드케이크로 정해져 있지만, 기다렸다는 듯 주문하기보다 고민하는 척 여유를 부리고 싶다. 음, 뭘 먹을까. 메뉴판을 찬찬히 본다. 다른 디저트에 도전 의식을 느끼다가도 쌉싸름하고 진한 녹차 맛이 그리워 먹던 것을 고르고 만다. 녹차를 진정 좋아하는 사람이 아니라면 쉽게 먹지 않을 말차 라테와 녹차 파운드케이크를 선택한 뒤 자리에 앉아 한숨 고른다. 오랜만에 와도 역시 이 공간은 참 좋다. 나만의 아지트로 삼고 싶은 가게다. 인테리어가 뛰어나게 멋지거나 아기자기한 소품이 즐비하게 놓여 있지 않지만 편안한 좌석과 넓은 테이블이 마음에 든다. 얼마든지 원하는 만큼 쉬고 가도 좋다는 주인장의 넉넉한 인심이 담겨 있는 것만 같아서.

가볍게 읽기 좋은 에세이를 몇 장 넘겼을 때 주문한 음료가 나왔다. 음료를 홀짝거리며 한 입씩 먹을 때마다 크기가 작아지는 디저트가 아쉬워 조금씩 천천히 먹었다. 어쩌면 달콤한 빵이 줄어드는 것보다 더 아쉬운 건 여유로운 이 시간이 줄어드는 것 아닐까. 내일 당장 또 아침 6시에 눈을 떠 출근해야 하지만, 이 느긋함을 좀 더 즐기고 싶었다.

차를 마시고, 책을 읽은 뒤 다이어리까지 간단히 정리하고 가게 문을 나섰다. 해가 뉘엿뉘엿 지고 있고, 내일도 주어진 업무가 있지만 어딘가로 가고 싶어 거리를 걸었다. 오늘은 집에 가서 따뜻한 물로 샤워하고, 시원한 매실주스를 마셔야지. 그전에 잠시, 배가 고픈데 뭐라도 먹고 갈까. 평소에 가본 적 없는 음식점으로 향했다. 궁금했던 소고기 덮밥을 주문해 남김없이 먹었다. 기름진 맛이 입안에 맴돌자 시원한 맥주가 떠올랐다. 평소엔 술을 입에도 대지 않지만 기분이다 싶어 맥주를 한 잔 시켰다. 열심히 일한 어른의 저녁답다는 생각을 하며 한 모금 마셨다. 술맛은 모르지만, 시원한 탄산과 부드러운 거품은 기분 전환을 하기에 충분했다. 지금 내 기분을 적당히 호응해줄 만한 취기였다.

말끔하게 음식을 비우고 거리로 나왔을 때는 캄캄한 밤이었다. 돌아가는 길, 혼자만의 저녁이 흘러가 버리는 게 섭섭해 일부러 천천히 걸었다. 느린 걸음만큼 시간도 천천히 흘러가길 바라며.

버스를 기다리다 꽃집에서 노란 장미가 눈에 띄었다. 노란 장미는 행운을 뜻한다는 말을 떠올리며 꽃을 사들고 집으로 향했다.

집에 도착하니 해는 이미 어둠에 잠긴 지 오래. 잠깐의 일탈로 기분이 한결 나아졌다. 평일엔 전날 저녁에 무리하면 다음 날 아침에 그 여파로 몸이 힘들까 봐 집, 회사 동선에서 벗어나지 않는데, 무료한 일상에 낯선 코스로 떠난 이 시간이 짧은 여행처럼 느껴졌다. 유독 지치고 힘들 땐 나를 위한 작은 일탈의 즐거움을 종종 누려야겠다.

이젠 개운하게 씻은 뒤 노란 장미를 테이블 위에 올려두고 잠을 청해야겠다. 에너지를 완충했으니 내일은 좀 더 나은 날이 되겠지.

이대로 집에 가기가 아쉬워
잠깐의 나들이를 결심한 날.

카페에서 느긋하게 여유를 즐기며
차와 디저트를 먹었다.

집으로 돌아오는 길엔 꽃도 샀다.
잠깐의 일탈로 마음이 한결 가벼워졌다.

3장

완벽하지 못한 나일지라도

나를 죽이는 건 언제나 나였다

재미있는 질문을 받은 적이 있다. "지구에서 사는 네 모습을 그림으로 표현한다면 어떻게 그릴 거야?" 상상해보았다. 커다란 도화지가 눈앞에 펼쳐져 있다면 종이에 가득 찰 정도로 크게 지구를 그리고, 한구석에 나를 그려 넣을 것이다. 의식하지 않고 지나치면, 알아보기 어려울 만큼 조그맣게. 세상이라는 커다란 무대에서 난 어느 역할쯤 될까. 지나가는 행인 정도는 되려나. 큰 범주 안에서 '나'는 블록의 한 조각처럼 얼마든, 무엇으로든 대체될 수 있는 존재로 여겨진다.

같은 질문을 받았을 때 래퍼 지코는 전혀 다른 그림을 완성했다. 지구라는 공 위에 올라간 본인을 광대하게 그린 것이다. 그에게 세상이란, 재능을 마음껏 뽐낼 수 있는 배경이다. 중심은 자신이며 외부의 모든 것들은 본인을 받쳐주기 위해 존재하거나 흘러가는 장면에 불과하다. 친구에게 지코의 답변을 전해들은 뒤 인터뷰 내용을 검색해보니 꽤 흥미로웠다.

"과거엔 지구라는 공에서 떨어지는 게 실패한 인생 같아 두려웠지만, 지금은 내가 세상을 어떻게 가지고 놀며 살아가느냐에 따라 달라지는 것 같아요."

삶의 관점이 외부가 아닌 내부에 집중된 이들의 단단한 자신감이 배어 있는 답변이었다. 타인의 평가에 흔들리지 않는 튼튼한 정신력. 질투 날 만큼 멋진 삶의 태도다. 중심이 곧은 이들은 타인의 재능과 나의 능력을 견주어보고 좌절하지 않고 불확실함에 초조해하지도 않는다. 하고 싶은 것을 재미있게 즐길 뿐.

입사한 뒤엔 매사가 짜증스러웠다. 상사와의 관계, 월급받기 위해 참고 일해야 하는 순간들. 연락이 두절되는 작가들. 숨 막힐 듯 권태로운 매일. 적응 안 되는 일투성이었다. 폭발하기 일보 직전인 사람처럼 구는 내가 입에 달고 사는 건 주로 이런 말들이었다.

어쩌겠어. 내가 그렇지 뭐. 해서 뭐해. 난 이미 글렀어. 평상시에 갖고 있던 비관적인 생각들이 흘러나오자 어느 날엔가 친구가 지친 표정으로 말했다. 진심으로 걱정하는 투였다.

"너 자기 비하하는 거 습관 같아. 가만 들어보면 널 가장 비난하는 건 다른 누구도 아닌 너 자신이야."

그 말에 말문이 턱 막혔다. 의식해서 곱씹어본 적이 없었는데, 그동안 내가 어떤 말을 주로 했는지 떠올렸다. 매사에 왜 그리 불만이 많은지, 세상을 보는 시선이 45도 각도로 삐딱하기만 했다. 내 마음엔 자기 비하와 열등감이 고봉밥처럼 쌓여 있었다. 만약 이런 말들이 아닌, 예쁘고 좋은 말들을 내면에 담았더라면 달라졌을까. 아무렇지 않게 했던 말들이 어떤 에너지를 뿜어내고 있는지 돌아보게 됐다. 말이 인격을 나타낸다는 문장은 고루한 격언으로 받아들였을 뿐 자신에게 적용시켜본 적이 없다. 그저 내가 살고 싶은 인생을 사는 이들을 부러워하며 비관적인 말로 내 자존감을 깎아내리는 게 습관이었다.

자조적인 언어에서 반짝이는 결실이 있을 리 없다. 어제까지 갖고 있던 부정적인 생각이 한 번의 결심으로 바뀌는 건 어렵겠지만, 나의 한마디가 자신을 죽이고, 주변에 부정적인 기운을 전달할 수 있다는 것을 염두에 두고 말해야겠다고 생각했다. 무심코 던진 말이 곧 나를 의미하며 내 안에 무엇을 담을지에 대한 선택은 자신에게 있다. 그렇다면 좋은 것, 예쁜 것을 담는 게 당연한데 난 왜 상처받은 얼굴로 피해의식에 잠겨 있었을까. 관점을 바꾸었더라면 나 또한 지구라는 공 위에서 중심을 잡고 선 모습을 충분히 그릴 수 있었을 것이다.

매번 타인에게 상처받은 척했지만 자신에게 아픈 비수를 꽂은 건 다름 아닌 나였으니 스스로를 상처 입히는 일은 멈춰야겠다. 나 자신을 살리는 말들이 점차 나의 사고를 밝은 색채로 채워줄 거라 믿는다. 난 해낼 수 있다고, 지금도 충분히 잘하고 있다고, 누군가에게 듣고 싶었던 그 말을 나에게 직접 해주고 싶은 밤이다. 내가 나를 안아주고 싶은 밤, 어쩐지 눈물이 났다.

나를 비난하고 깎아내리는 것을 멈추고,
스스로를 꼬옥 안아주었다.

친밀감의 척도

～～～

학원에서 해고 통보를 받았을 때, 친하게 지내던 부장 선생님에게 "저 해고됐어요"라고 말했다. 뜻밖의 소식에 놀랐는지 부장 선생님의 눈이 커졌다. 그러고는 급한 일이 생겨 따로 전화를 하겠다는 말을 남기고 떠난 후 어떠한 연락도 하지 않았다. 직접 만나면 지나가는 말이라도 어떻게 된 일이냐고 물어볼 거라 예상했지만 다음 날부터 선생님은 나와 거리를 두었다. 해고당한 사람과 가까이하는 건 득 될 것이 없다고 판단했을 수도 있고, 보는 눈이 많으니 거리를 두는 편이 낫다고 생각했는지도 모른다. 선생님의 선 긋는 태도를 보며 얼마 전 지나쳤던 사소한 일화가 떠올랐다.

한 달 전쯤 일이다. 퇴근 뒤 여느 때처럼 난 정문으로 향했고, 부장 선생님은 주차장이 있는 지하 1층으로 가기 위해 반대편으로 몸을 틀었다. 출입구를 빠져나온 뒤에 화장솜이 떨어진 것이 떠올라 정류장 반대편에 있는 드럭 스토어로 걸어갔다. 그때 후문으로 돌아 나와 옆 건물로 향하는 부장 선생님과 맞닥뜨렸다. 살짝 놀란 표정으로 그녀는 눈인사만 한 뒤 건물 식당에 들어갔다. 저녁 약속이 있는 것으로 보였다. 함께 정문으로 나왔다면 약속 장소에 수월하게 갈 수 있었을 텐데, 구태여 돌아 나온 이유가 무엇인지 의아했다. 그녀의 그런 사소한 행동에서 불편함을 느낀 건 내가 갖고 있는 예민함이 발동한 것이라 여겼다. 약속을 설명하기 귀찮거나 학원의 다른 동료와 조용히 만나고 싶어서 그랬을 수 있다. 그러나 마음의 저변에는 '약속 있다고 말하면 될 것을 굳이?'라는 의구심이 남아 있었다.

그 찝찝함이 뇌리에서 흐릿해졌을 즈음, 부장 선생님의 퇴사를 앞두고 새로운 부장 선생님이 학원에 오셨다. 새 부장 선생님이 학원의 전반적인 업무에 적응하기 전까지 기존에 근무하던 부장 선생님은 두 달여간 학원 근무를 연장한다는 소식을 들었다. 친했던 선생님을 떠나보내는 게 못내 아쉬웠기 때문에 전 부장 선생님의 근무 기간 연장이 내심 기뺐다. 그렇게 얼마간은 전 부장 선생님, 새로 부임한 부장 선생님과 함께 근무하게 됐다. 새 부장 선생님은, 두 달 뒤 떠날 부장 선생님보다 앞으로 합을 맞춰 일하게 될 나에게 관심을 갖고 다가왔다. 앞으로의 수업 방향, 학생들의 수업 진도, 업무 특이사항에 대해 상세하게 공유해달라고 요청했다. 나는 요청받은 내용을 새 부장 선생님에게 전달했고, 회의도 여러 차례 진행했다.

며칠 뒤 새로 온 부장 선생님이 심각한 얼굴로 나를 불렀다. 그녀는 인수인계 과정에서 드러난 문제들을 상세히 전했다. 모두 나와 친한 전 부장 선생님과 관련한 일이었다. 새로 온 부장 선생님의 말에 따르면 전 부장 선생님은 학원비가 구멍 났을 때 비용 내역을 수정, 조작하였고, 학부모들의 항의가 여럿 들어올 정도로 학생 관리에 문제가 있었다고 했다. 내가 생각했던 선생님의 모습에 어울리지 않는 이야기를 삼자에게 전해 듣는 건 유쾌하지 않았다. 그때만 해도 전 부장 선생님에 대한 신뢰가 두터웠던 터라 새로 온 부장 선생님의 말은 달갑지 않았다. 굴러온 돌이 박힌 돌을 빼내려는 의도로 과오를 부풀려 말한 거라 여겼다. 그러나 지금 생각해보면 그때 내 감정은 친한 사람을 옹호하고 싶은 사심이었다.

그러다 내가 새 부장 선생님과 수업 방향에 대한 갈등

을 겪고, 그에 걸맞은 대우를 요구했다가 해고를 당한 뒤로 전 부장 선생님과 어색한 사이가 돼버렸다. 친했던 부장 선생님은 내가 해고당한 뒤부터 경계를 두며 말도 섞지 않았다. 처음엔 학원에 보는 눈이 많거나 개인적 사정이 있어서 그렇겠지 싶었으나, 따로 연락하겠다던 말과 달리 연락은 한 통도 없었다. 내밀한 개인사까지 허심탄회하게 털어놓던 전 부장 선생님은 나에게 직장 동료보다는 친한 언니 같았다. 좋은 인연으로 이어가고 싶었지만 내 마음과 그녀의 생각엔 간극이 있었던 듯하다.

이전에 난 친밀감의 척도를 속내를 털어놓는 대화의 깊이에서 찾았다. 남들에게 쉬이 터놓지 못할 비밀을 공유하는 것으로 관계를 어림잡았던 것이다. '이런 얘기까지 하는 것을 보면 나에게 마음을 열었구나'라고 기뻐하며 덩달아 내 이야기도 털어놓곤 했다. 그러나 중요한 건 그게 아니었다. 결정적으로 내가 선생님을 필요로 했을 때 그녀는 모르쇠로 일관했다. 어떻게 된 건지, 괜찮은지 한마디 말도 없는 태도를 통해 우리의 관계 지표가 드러난 것이다. 속 얘기를 털어놓았으니 친하다고 판단 내린 게 얼마나 단순한 결론이었나. 그것은 비밀 공유로 우정을 과시하고 확인받던 어린 소녀들처럼 미숙한 착각이었다. 생각해보면 나만 해도 꼭 친한 사이

일 때만 속내를 터놓는 건 아니었다. 낯선 여행지에서 모르는 이에게 말을 걸며 서슴없이 행동하거나 숨겨둔 이야기를 털어놓은 적이 있었다. 다시는 안 볼 사이, 또는 엮이지 않을 것을 알면 오히려 없던 용기가 생기고 과감해지기도 한다. 부장 선생님도 마찬가지일 것이다. 나와는 꾸준히 관계를 이어나갈 사이가 아니라 여겨 오히려 말하는 데 부담이 적었을 수 있다. 업무 시간의 지루함에서 벗어나고자 자신의 사연을 안줏거리 삼아 시간을 때웠을 수도 있다. 그녀의 말재기에 혼자만 친밀감을 느끼고 지나친 해석을 붙어넣었다는 것을 뒤늦게 알게 됐다.

관계의 깊이를 판단할 수 있는 기준에 대해 생각하는 요즘, 주변을 돌아보게 된다. 속마음을 내비치지 않는 친한 친구에게 '난 솔직하게 고민을 털어놓는데, 넌 힘든 사정을 왜 말하지 않느냐'라고 투정을 부렸던 유치한 감정이 떠올랐다. 무던하다 못해 무심한 친구의 성격에 우정의 심도를 어림짐작했던 건 섣부른 판단이었다. 누구에게나 드러내고 싶지 않은 부분이 있는 법인데, 상대의 내면 깊은 곳까지 길어내려 했던 건 나만의 욕심이다. 정작 나도 누군가에게 보여주고 싶지 않은 그림자를 지녔고, 내게 불리한 진실은 타인에게 감춘 적도 많았다. 어느 정도까지 상대에게 열고 보여줄 수 있느냐의 기준도 저마다 다르다. 단적인 예를 들면 가족 문제에 대해 친한 친구에게 이야기할 수 있다는 사람이 있는 반면 부모님이나 형제가 연루된 일은 언급하지 않는 게 가족에 대한 예의라고 생각하는 사람도 있다. 그 기준은 천차만별이므로 나의 잣대로 판단해서는 안 된다.

혼자만의 감상에 젖어 직장 동료 사이의 선을 넘은 건 다름 아닌 나였다. 어쩌면 전 부장 선생님은 내게 거리를 둔 게 아니라 적정 거리를 지킨 것이었는지 모른다. 이번 일은 관계의 깊이를 재단하는 기준을 되짚어보는 계기가 되었다. 지극히 개인적인 치부나 고민을 터놓는 게 나에 대한 신뢰나 호감의 시그널이 아니라는 것도 또렷이 알게 됐다. 오히려 나를 진정한 친구로 생각하는 이라면 나의 안위와 고민에 대해 걱정해줄 것이다. 무료한 시간을 달래기 위해 자신의 이야기를 가볍게 낚시질하는 게 아니라.

내가 갖고 있던 친밀감의 척도가
얼마나 단순했나 돌아보게 되었다.

이전과는 다른 상대방의 태도가 섭섭했지만,
내가 너무 큰 기대를 했다는 결론을 내렸다.

여행지에서 낯선 이에게 가감 없이 속내를 터놓던 경험을 떠올리며
솔직함이 꼭 친밀감과 직결되는 건 아니라는 생각이 들었다.

돌아보면 나도 가까운 사람보다는
낯선 사람 앞에서 솔직하고 대범해질 때가 많았다.

밥 먹자는 약속

"시간 되면 밥 한번 먹자"라는 말을 하는 사람을 좋아하지 않는다. 아니, 정확히는 시간을 낼 마음도 없으면서 건네는 인사치레를 싫어한다. 대화의 끝맺음을 유연하게 만들어주는 이 말은 이야기의 종결을 은연중에 알리는 은어와 같다. 누군가는 자연스럽게 주고받는 말일지 몰라도 나는 되도록 신중하게 사용하려고 노력하는 편이다. 상황을 자연스럽게 넘기고 싶거나 적당한 인사말을 찾지 못했을 때 이 말을 내뱉고 돌아서면 마음이 개운하지 않다. 만날 생각도 없으면서 상황을 모면하기 위해 기약 없는 약속을 한 느낌이다.

해고당한 학원의 마지막 근무일, 어색한 관계가 된 전

부장 선생님에게 선물을 건넸다. 해고당하는 과정에서 그녀에 대한 신뢰는 실망으로 바뀌었고, 관계는 돌이킬 수 없었지만 선생님이 그간 베풀어준 호의에 대한 마지막 예의를 차리고 싶었다. 선물을 받은 그녀는 고맙다며 시간 내 밥 한 끼 먹자고 말했다. 내 어깨를 토닥이는 그녀를 보며 순간 내가 실수한 건 아닐까 싶었다. 선을 긋는 것으로 느껴진 선생님의 태도에 섭섭함을 가진 건 나만의 오해였을지도 모른다고 반성하기까지 했지만 몇 달이 지나도 그녀에게 연락은 없었다. 밥 먹자던 말은 '안녕'을 가장한 인사치레였던 것이다.

　아르바이트를 하며 만난 친구 S는 계약 종료일에 먼저 연락처를 물었다. 우리는 조만간 밥 먹자는 말을 끝으로 헤어졌다. 이후에도 S로부터 잘 지내냐는 안부 메시지가 간간이 왔는데 그때마다 S는 습관적으로 "밥 한번 먹어야지"라는 말로 대화를 끝맺었다. 족히 서너 번은 밥 약속을 언급했으나 실제로 만나 식사를 한 적은 없었다. 물론 만나고 싶은 마음은 있지만 부득이하게 바쁜 사정으로 약속을 못 지켰을지도 모르지만 행동으로 이어지지 않는 약속만 오가는 건 무의미했다. 이후 나는 누군가 밥을 먹자고 말하면 진담인지 인사치레인지 가늠해본다. 개중엔 실제 약속으로 이뤄지는 경우도 있지만, 형식적인 인사로 끝날 때가 더 많다. 차라리 이럴 땐 밥 먹자는 말은 하지 않는 편이 좋지 않나 싶다. 만남을 이어가고 싶은 이가 있다면 기꺼이 약속을 잡는 게 좋지만, 반대의 경우라면 "반가웠습니다. 안녕히 가십시오." 정도의 인사면 되지 않을까? 그러면 관계의 깊이를 가늠하기도 쉽고 오해의 여지도 적으니 형식적인 빈말을 주고받으며 허비하는 에너지를 아낄 수 있다.

허지웅 작가는 객관적으로 솔직해야 행복할 수 있다며 '노골리즘'이란 용어를 썼다. 말하고 싶은 것을 진솔하게 털어놓는 게 좋다는 말을 익살스럽게 꾸며 말한 것이지만, 그 말에 동감하는 이유는 우리를 둘러싼 사회적 분위기에서 솔직함이 무례함으로 받아들여지기 때문이다. 학교든 회사든, 조직 사회에서는 의견을 솔직하게 피력하는 것을 뭘 모르고 떠드는 당돌함이나 건방짐으로 치부하기 일쑤다. 윗선의 눈치를 적당히 보고 행동거지를 조심스럽게 하는 게 사회생활을 잘하는 노련함이며 사회초년생이 배워야 할 센스라고 칭하기도 한다. 또한 거절이 미덕이라며 에둘러 말하는 것이 상대에 대한 배려와 겸손이라 여기는 기이한 정서가 사회의 저변에 흐르고 있는 것도 한몫한다.

관계에 대한 회의감을 느끼는 요즘, 빈말을 하지 않기 위해 노력한다. 진심이 담기지 않은 말은 관계를 공허하게 하고, 내 안의 한정된 기운을 소진하도록 만든다. 의미 없이 허공을 맴돌다 사라지는 말을 한 건 침묵을 메우기 위해 내뱉은 한숨에 지나지 않는다. 모든 이들에게 친근하고 다정한 사람으로 기억될 순 없다.

시간을 공유하고 추억을 만들 수 있는 소중한 인연들에게 관심과 애정을 쏟는 것만으로도 바쁜데, 불특정 다수에게 호의적이고 멋진 인사를 남기기 위해 빈말을 던질 필요가 있겠는가. 이 말을 아껴뒀다가 진짜 시간을 공유하고 싶은 사람이 있을 때 사용하려 한다. 밥 한번 먹자는 말은 시간을 함께 보내고 싶다는 의미이며 잘 지내냐는 안부의 표현이니까. 그 소중한 말을 단순한 빈말로 사용하고 싶지 않은 게 나의 마음이다. 따뜻한 끼니로 허기진 가슴을 가득 채울 누군가가 내게도 있으므로.

빈말하는 데 익숙한
어른이 되고 있다는 사실이 서글프다.

나를 지탱했던 우정

중학생 때 청소년 드라마 〈반올림〉이 화제였다. 〈반올림〉은 학창 시절 "화장실 같이 갈래?"라는 말로 우정을 확인했던 여자들이라면 으레 겪었을 법한 에피소드가 잘 녹아 있는 드라마였다. 주인공인 옥림을 중심으로, 전교 1등을 놓친 적 없는 정민과 사려 깊고 따뜻한 성격의 윤정이라는 친구가 등장한다. 드라마에서 기억나는 장면을 꼽자면 세 사람이 옥림의 집에서 텐트를 치고 두런두런 대화를 나누던 모습. 세 친구는 10년 뒤를 상상하며 여러 가지 약속을 한다(세계 일주를 가자는 등 어른이 되어서도 함께하자는 내용이었던 것 같다). 우정에 환상이 있던 나는 그 장면에 가슴이 설렜다.

옥림의 두 친구를 보며 나 역시 그런 친구를 사귀길 바랐다. 『빨강머리 앤』에서 앤과 다이애나가 손을 맞잡고 나눴던 우정의 서약을 동경했고, 퍼즐처럼 나와 꼭 들어맞는 평생의 단짝을 찾을 만큼 우정에 대한 기대가 컸다. 다이애나 같은 친구를 동경하던 열네 살 봄, M을 만났다. 무뚝뚝한 말투와 남 일에 좀처럼 관심을 두지 않는 무심함이 이상하게도 섭섭하게 느껴지지 않았다. 어떤 일에든 동요하지 않는 차분함도 어른스러워 보였다. 혈기를 쉽게 내보이는 단선적인 내 성미엔 그녀의 담담함이 진정제가 되었다. 하루에 두세 시간씩 통화를 해도 수화기를 내려놓으면 미처 못 했던 말이 떠올랐다. M은 나의 다이애나였고, 학창 시절을 빛내준 소중한 한 페이지였다. 대학 졸업 후 난 서울로 상경했고, M은 고향에 남아 임용고시를 준비해서 합격했다. 두세 달에 한 번씩 이어져 오던 만남의 횟수가 6개월, 길게는 1년에 한 번으로 바뀌었다. 사는 곳이 달라지고, 각자의 일이 우선이 되면서 연락이 뜸해졌다. 일상의 구심점을 돌다 보면 그 주위에서 벗어난 지점으로 친구나 추억은 밀려난다. 친한 친구 사이라 하더라도 신경 써서 관리하는 수고가 없으면 관계는 녹슬기 마련이다. 애석하지만 자연스러운 순리다.

절대 반지처럼 서로의 마음을 완벽하게 충족시키는 관

계란 불가능하며 나조차 상대를 온전히 헤아려준다는 생각은 자기기만이라는 것을 알게 된 뒤 타인에 대한 기대를 내려놓았다. 이 과정에서 M과의 관계를 복기했다. 그 친구에게 느꼈던 해소되지 않는 불편함이 언제부터였는지 떠올렸다. 3년 전, 세 번째 회사를 그만두고 이직과 프리랜서 사이에서 고민 중이던 시기가 있었다. 미래에 대한 불안감에 자신감이 곤두박질쳤다. 오랜만에 만난 M은 유치원에서 일하면서 느끼는 어려움을 털어놓았다.

"내가 이런 말 하면 사람들은 푸념으로 치부해. 기껏 '넌 공무원이잖아, 교사면 안정감 있고 좋지' 이런 말만 돌아올 뿐인걸."

공부를 하면서 M이 겪은 마음고생을 알고 있기에 나 또한 그녀의 주변 사람들과 같은 타박은 하지 못했지만 기분이 그리 유쾌하진 않았다. 난 직장 문제로 불안했던 시기였으므로 그녀의 고민에 공감과 위로를 건넬 마음이 준비되어 있지 않았다.

일반적으로 나눌 만한 대화였지만, 마음이 불편했던 건 돌이켜보면 M이 아닌 나 때문이었다. 시소처럼 불안하게 흔들리는 나와 달리 M의 삶은 견고한 성 같았다. 그녀의 말을 배부른 자의 투정으로 여긴 건 내 마음이 온건하지 않았던 탓이다. 관리자와의 트러블과 거듭되는 퇴사로 자존감이 바닥을 치면서 내면이 좁쌀 한 톨 없는 곳간처럼 빈곤했다. 그때 M이 내게 바랐던 것은 따뜻한 위로의 한마디였을 것이다. 내가 그녀에게 바랐던 것과 마찬가지로.

　과거엔 큰일이든 사소한 일이든 별스럽게 굴지 않는 M의 태도가 좋았지만, 시간이 지나자 그런 모습이 차츰 무신경함과 무감각으로 다가왔다. 나를 조금도 고려하지 않는 그날의 대화 주제에 배려받지 못했다는 감정이 들었다. 언짢았지만, 불쾌한 감정을 털어놓는 건 미천한 자존심을 드러내는 것 같아 감추었다. 안정감을 거머쥔 M에게 질투 섞인 부러움을 느꼈던 자신을 부정하고 싶기도 했다. 고개를 끄덕이며 공감해주는 대신 '넌 나보다 낫잖아'라고 주절거리는 스스로가 남루했다. 친구에게 위로 한마디도 해주지 못할 만큼 마음이 강퍅한 내가 싫었다.

　내 삶이 뿌리 깊게 서지 못하면 관계를 맺기 어렵고 섬약하게 흔들린다. 삶의 결핍과 불만족을 느낄 땐 마음 그릇에 누구도 담을 수 없으므로 시간적, 공간적 분리를 의식적으로 할 필요가 있다. 혼자여도 충분한 시간 안에서 삶을 단련하고 안정을 찾았을 때에야 비로소 타인을 받아들일 수 있다. 번잡한 감정과 불안을 충분히 닦아낸 후 M을 만난다면

이 불편함도 해소될까. 또는 한때 좋았던 M의 무신경함은 나를 따뜻하게 덥혀준 한철로 지나가고 그 인연은 자연스레 페이드아웃될 수도 있다.

M은 분명 내 삶이 세상에 강건하게 뿌리내리는 데 좋은 역할을 해준 것만은 틀림없다. 그러므로 오랜 시간 함께해준 M에 대한 고마움은 유효하다. 내가 동경했던 앤과 다이애나의 평생 우정을 그녀와 실현시킬 수 없다 해도 그 한철의 우정은 나의 삶에 큰 의미로 남아 있을 것이다 .

저마다 그 시기에 필요했던
인연이라는 게 있다고 믿는다.

· · · · · ·

그리고 인연은 어느 시기가 되면
자연스럽게 멀어진다.

인연이 가까워지고
멀어지는 일은 자연스러운 것.
과거의 인연이 내게 소중했던 존재였음은
변하지 않는 진실이니까.

진짜 친구가 있긴 해?

~~~~~~~~~~~~~~~

내게 연애보다 더 어려운 건 우정이었다. 연애는 내가 좋아하는 사람보다 나를 더 좋아해주는 사람을 만나니 속 편했고, 자존심을 버리면서까지 상대에게 매달리지 않겠다는 확고한 철칙을 고수하기 쉬웠다. 그러나 친구 사이는 노력과 정성을 들여 점진적으로 쌓아나가야 한다고 생각했다. 물론 견고할 것이라 믿었던 우정의 탑이 한쪽 균형이 맞지 않아 무너져 내리는 경우도 있긴 했다. 햇수가 길거나 내가 정성을 쏟는 친구라 해서 그 관계가 돈독한 건 아니었으니, 우정이란 견고해 보여도 언제든 깨질 수 있는 유리 같았다.

　학창 시절을 돌아보면 의도하지 않았는데도 홀수로 어

울려 노는 경우가 많았다. 둘이나 넷이면 짝을 지어 놀 수 있지만, 세 사람이 조화롭게 어울리는 건 어려웠다. 특히 둘씩 짝지어 소풍 가는 버스를 타거나 줄을 맞춰 서야 하는 상황에선 꼭 눈치게임이 시작됐다. 혼자 남을 사람이 누가 될지를 두고, 묘한 신경전이 벌어졌다. 곁눈질하며 눈치 보는 게 싫어(어쩌면 의연한 척하는 게 어른스럽다고 생각했던 것 같다.) 나는 혼자 앉겠다고 자처했다. 가위바위보를 해서 진 사람이 홀로 앉자는 유치한 제안은 싫었다. 운 나쁘게 져서 동떨어져 앉는 것보다 애초에 무심한 뉘앙스로 "둘이 앉아"라고 말하는 편이 훨씬 멋졌다. 뒷좌석에 혼자 앉아 있으면 쓸쓸한 감정이 들었지만, 초라한 기분을 내색하지 않으려 애썼다.

나이가 든 뒤에도 친구 관계에 대한 불안과 고민은 사라지지 않았다. 친구들은 우정보다 연애에 집중했고, 이른 나이에 결혼하여 가정을 꾸리기라도 하면 친구 관계보다 우선순위에 둘 것들이 더 많아졌다. 그런 상황에 불만이나 섭섭함을 토로할 자신은 없었다. 가끔 얼굴 보며 기분 좋은 이야기를 나눌 정도의 관계를 유지하기에도 벅찼다. 친구를 만나고 집으로 돌아가는 길엔 머릿속을 스치는 여러 생각에 마음이 복잡했다. 친구의 미묘한 표정 변화, 대화가 무르익던 중 이야기를 끊으며 시간이 됐으니 가자고 하던 모습 등. 오늘

만남이 재미없었던 건 아닌지, 내가 잘못 말한 건 없었는지 자잘하게 곱씹었다. 아무렇지 않게 웃고, 맛있는 음식을 먹었지만 돌아서면 마음이 편치 않았다.

좀처럼 먼저 연락하는 경우가 없던 S는 애인과는 일거수일투족을 전화나 문자로 공유했다. 농담 반 진담 반으로 연락이 뜸하다고 툴툴거리면 S는 원래 무심한 성격이라 어쩔 수 없다고 말했다. 다 큰 성인이 우정 문제를 운운하는 건 유치하다고 생각해 아무 말도 하지 않았지만, 내 안엔 S에 대한 앙금이 쌓여갔다.

난 지금도 나이가 지긋해지면 함께 실버타운에 들어가서 노후를 보낼 오랜 친구를 꿈꾼다. 과연 그런 친구가 있기나 할지, 몇십 년이 지나고 난 뒤에 내 곁에 남을 존재가 누군지 헤아려보지만 전혀 상상이 가지 않는다.

'평생 친구', '찐 우정' 등과 함께 SNS에 업로드 되는 사진이나 게시글을 보면 그저 신기하다. 힘들 때 언제든 연락하면 달려와 줄 수 있는 진짜 내 편이란 게 과연 있는지 확신이 들지 않는다. 뭐든 털어놓고 의지할 수 있는 관계가 진짜 친구라면 내겐 그런 존재가 있긴 할까. 떠올려보지만 생각나는 사람이 거의 없다. 친한 관계일수록 마음을 터놓거나 무언가를 선뜻 부탁하는 게 어렵다. 친하다는 이유로 내가 원하는 것을 청하는 게 상대에게 부담스럽진 않을지 걱정이고, 친밀한 관계일수록 보이지 않는 명확한 선이 존재한다고 생각한다. 자칫 관계를 그르칠까 봐 두려운 마음도 든다.

연락에 목매거나 친하면 자주 봐야 한다는 강박을 갖지 않지만, 지금도 한 가지 생각엔 변함이 없다. 소중한 관계라면, 관심을 갖고 연락을 서로 주고받는 게 옳다고 믿는다. 상호 교류가 아닌 일방적인 연락은 하고 싶지 않다. 내가 원하는 건 함께 관심과 애정을 나누는 쌍방향적 관계니까.

연인 관계도 아닌 친구 사이에 연락이 뜸한 게 뭐가 대수냐고 넘길 수도 있지만, 작은 인연에도 소중한 의미를 두는 내게 그것은 꽤 대단한 일이다. 연인 관계에서만 연락과 관심이 중요한 게 아니라 친구 사이에도 관계를 지키기 위한 최소한의 노력이 필요하다. 사소하지만 상대가 좋아하는 것을 기억하고, 주기적으로 꾸준한 연락과 관심을 두는 것. 별것 아닌 듯 보이지만 이런 작은 노력이 관계의 연결고리를 단단하게 만든다. 그런 노력이 쌓이면 좀 더 탄탄한 관계의 탑을 쌓을 수 있다 .

"잘 지내?", "그 일은 어떻게 됐어?" 상대가 날 기억하고 걱정해주는 한마디. 한 통의 연락에 고마움과 감동을 느낀다. 우정에 대한 지나친 의미 부여가 관계를 맺을 때 장애물이 되지 않을까 염려되기도 하지만, 그럼에도 난 우정에 대한 동경을 여전히 버리지 않았다. 내 이런 노력들이 관계에 깊이를 더하는 자양분이 될 거라고 믿으며, 공무원 시험 준비로 소식이 뜸해진 친구에게 오랜만에 연락을 했다. 휴대전화 너머로 들려오는 익숙하고 반가운 음성. 친구의 여전한 목소리에 향수를 느끼며 안부를 전했다. 시험 준비하느라 고생 많다고, 오랜만에 네가 보고 싶어서 연락했노라고.

하이힐과 이별하다

~~~~~~~~~

신체 부위 중 한 곳을 원하는 대로 바꿔준다고 신이 제안한다면 조금도 망설이지 않고 키라고 말할 것이다. 대게 여자들이 기피하는 질문은 체중이라고 하지만 나에겐 키가 몇이냐는 질문이 더 달갑지 않다. 158센티미터 정도라 말하는 자신감 없는 목소리에서 상대방은 그보다 더 작지 않냐는 듯 미심쩍은 눈빛을 던진다. 그 눈길엔 '네가?'라는 의심이 섞여 있는 듯하다. 작은 키에 콤플렉스를 느끼는 나 혼자만의 자격지심일지도 모르지만.

초등학교 때부터 늘 교탁 앞자리가 지정석이었고, 운동장에서는 항상 1번인 내가 기준이 됐다. 남자들은 군대에 가서도 키가 큰다던데, 생리를 늦게 시작한 것치곤 키가 크지 않은 점을 객관적으로 진단하면, 어렸을 적 식습관을 의심해 볼 수 있다. 성장에 꼭 필요한 균형 잡힌 식습관은커녕 먹는 것에 통 흥미가 없었고 군것질만 좋아했다. 언니는 162센티미터의 적당한 키인 것을 보면, 철없던 시절 내가 자초한 결과라 할 수 있겠다.

그런 탓에 거리를 거닐 때 키 크고 늘씬한 사람들에게 자연스럽게 눈길이 간다. 버드나무처럼 쭉 뻗은 다리에 감탄하고, 굽 없는 단화나 플랫슈즈를 신은 걸 확인하면 탄식을 내뱉게 된다. 내가 갖지 못한 것을 가진 자들을 향한 부러움의 시선을 쉽게 거두지 못한다.

미모가 특출하지 않아도, 키가 크고 늘씬하면 얼굴과 몸이 균형을 이뤄 보기 좋게 예쁘다고 인식하게 된다. 내가 규정한 미의 기준일 테지만, 키가 큰 사람들은 충분한 광합성을 하고 자라난 반듯한 나무처럼 느껴진다. 그 자체로 싱그러워 꾸미지 않아도 충분히 멋스럽다.

이제껏 살아오면서 작은 키는 극복할 수 없는 난제였다. 키가 큰 친구 옆에 있으면 자신감이 없어졌고, 사진이라도 찍을라치면 남몰래 까치발을 들어 커 보이기 위해 필사적으로 애를 썼다. 이런 내 숨은 노력이 누군가에겐 짠내 나는 딱한 상황처럼 보였으리라.

키가 조금이라도 커 보이고자 무릎을 넘지 않는 짧은 기장의 치마나 원피스를 주로 입고(일종의 착시 효과랄까.) 계단 한 층 높이의 하이힐을 신는 게 일상이던 시절이 있었다. 스물세 살 때부터 3, 4년간 하이힐은 내 몸의 일부와도 같았다. 하이힐을 신는 것에 익숙해져 편안하다고 느꼈지만 혼자만의 착각일 뿐 무릎에 무리가 됐던 모양이었다.

2년 전, 외출한 지 한두 시간쯤 지난 뒤부터 전조가 이상했다. 딱딱한 모서리에 부딪혔을 때처럼 무릎에 강한 타격이 가해진 느낌이 들었고, 발을 내디딜 때마다 욱신거리는 통증으로 걸음을 옮길 수 없었다. 통증이 며칠이 지나도 가시지 않아 정형외과에 갔다. 무릎에 물이 찼다는 진단을 받았다. 주삿바늘을 꽂아 물을 뺀 뒤 물리치료를 받았다. 그날 이후, 분신과도 같았던 하이힐과 작별을 고했다.

"지금처럼 무릎에 부담이 가해지면, 퇴행성관절염의 위험이 있습니다." 심각한 표정으로 말하던 의사 선생님을 보자 더 이상 '멋'과 '미'를 위해 하이힐을 고집할 수 없었다. 잠깐 예뻐 보이려다 평생 무릎 통증에 시달리며 사는 삶은 원치 않았다.

그렇지만 무릎이 회복된 뒤에도 굽에 대한 욕심을 내려

놓기 어려웠다. 단화를 신으면, 짧은 비율이 두드러지는 것 같았고, 내가 가진 여성스러운 옷에 스니커즈는 따로 노는 느낌이 들었다. 현재는 무릎 건강을 위해 중간 높이 굽의 구두나 운동화를 주로 신지만 힐에 대한 미련은 여전히 남아 있다. 높은 굽 위에 올라섰을 때, 커리어우먼이라도 된 듯한 기분을 느끼지 못하는 게 아쉽다. 또각또각, 경쾌하게 울리는 굽 소리가 그립기도 하고.

물론 몸을 해하면서까지 콤플렉스를 가리는 건 나를 가꾸는 건강한 방식이 아니라는 걸 알고 있으므로 굽 높이에 대한 욕심을 어느 정도 비워냈다. 굽 높이를 디자인보다 중시하였을 땐 신발 디자인이 마음에 들더라도 굽이 낮으면 구매하지 않았다.

그러던 어느 날 인터넷에서 귀여운 패턴의 플랫슈즈를 발견한 적이 있었다. 내게 어울리지 않는다고 생각하면서도 괜스레 눈에 밟혀 사진을 계속 보고 있자 친구가 말했다. "네 스타일이랑 어울릴 것 같은데 사지. 왜 고민해?" 굽이 낮아 어울리지 않는다고 말하자 친구는 대수롭지 않게 말했다. "뭐 어때. 키 작은 사람은 플랫슈즈를 신거나 롱치마를 입으면 안 된다는 법이라도 있어?"

친구의 말에 용기를 얻어 플랫슈즈를 과감하게 구매했

다. 착용해보니 세상에, 무척이나 편하고 좋았다. 거기다 내가 갖고 있는 원피스와도 꼭 어울리는 디자인이라 굽이 낮아도 만족스러웠다. 새 신을 신고 나들이를 한 날, 평소엔 오래 걸으면 절뚝거리며 높은 굽 위에서 위태롭게 휘청거렸을 내가 산등성이를 뛰는 날다람쥐처럼 날쌔게 다녔다. "거봐, 잘 어울릴 거라고 했잖아." 친구가 해준 말 덕분에 키 작으면 높은 굽의 신발을 신어야 한다는 강박을 깰 수 있었다. 신체의 약점이라 생각되는 부분을 감추려 불편을 감수하던 나는 작은 키에 대한 콤플렉스에서 드디어 해방되었다.

그림의 떡…

무릎이 안 좋아진 후
하이힐을 더 이상 신을 수 없게 됐다.
작은 키에 콤플렉스를 갖고 있는 내게
친구가 말했다.

친구의 말에 용기를 내
플랫슈즈를 신어 보았다.

내 안의 나침반

〰〰〰〰

사람들은 내가 아픈 줄 모른다. 나 자신조차 아픈 것을 망각할 정도로 일상생활에는 문제가 없다. 오히려 지치지 않는 에너지 때문에 타고난 건강 체질인 줄 안다. 잔병치레를 하거나 독감을 앓는 일도 없고, 팔다리가 부러진 적도 없다. 그랬던 내가 이름도 생소한 희귀 병을 앓게 될 줄은 상상도 못 했다.

　예고 없이 쏟아지는 열대우림의 스콜처럼 병은 급작스럽게 찾아왔다. 5년 전 지독한 목감기에 걸렸다. 고개를 높이 쳐들어 천장을 볼 때마다 목구멍이 따끔거렸다. 지혈하듯 손바닥으로 목을 지그시 누르면 압통이 있었다. 해열제나 진통제를 먹어도 소용없어 병원을 전전했다. 의사에게 증상을 설명해도 돌아오는 대답은 정해져 있었다. "검사 결과 이상 소견은 없는데 정 불편하시면 해열 진통제 처방해드릴게요."

이때의 내 심정은, 비유하자면 마늘을 본 적도, 먹어본 적도 없는 이들에게 그 맛과 향을 설명하는 것만큼이나 막막했다. 말로 설명하기 어려운 혼자만의 고통스러운 통증이었다. 만약 몸을 바지 주머니 뒤집듯 털어 보일 수 있다면 망설임 없이 까뒤집고 "자, 이것 보세요. 이런 아픔이에요"라고 말하고 싶었다. 의사는 물론이고 가족에게도 이 고통은 이해받지 못했다. 사람들은 남 문제에 대해서는 손쉽게 판단하고 명쾌한 결론을 내렸다. 가까운 친구들조차 나의 예민한 성격이 야기한 스트레스성 증상이라고 말했다.

여러 병원을 전전하다 방사선에서 혈관 CT 검사, 심장 초음파 검사를 했다. 검사를 통해 통증의 원인을 발견했다. 병명은 타카야수 동맥염. 목 부근의 대동맥에 염증이 생겨 혈관이 두꺼워졌고, 혈액 순환이 원활히 이뤄지지 않아 통증이 생긴 것이다. 불행 중 다행으로 혈관은 막히지 않아 수술은 하지 않아도 됐다. 이후 서울로 병원을 옮겨 스테로이드를 처방받아 먹었다. 염증 수치가 높았을 때는 12알씩 약을 섭취했으나 점차 수치가 낮아지자 약의 개수를 줄였다. 매일 약을 먹는 게 영양제를 챙겨 먹듯 자연스러운 일상이 된 지

햇수로 5년이 조금 넘었다.

병을 앓는 게 흠이 되거나 핸디캡이 된다고 생각하진 않는다. 3개월에 한 번 병원에 가서 검진을 받는 수고로움도 나들이라 생각하면 귀찮지 않다. 남들은 1년에 한 번 하는 건강검진을 자주 한다고 여기면 그뿐. 그렇지만 컨디션이 좋지 않을 땐 어김없이 염증 수치가 오르고 통증의 강도는 세진다. 몸은 결코 거짓말을 하지 않는다. 몸과 마음은 실의 끝과 끝처럼 보이지 않게 이어져 있음을 내 몸을 보며 느끼곤 한다. 그래서 무심코 지나치기 쉬운 피로도 쌓이지 않도록 관리하려 한다. 목이 뻐근하거나 아프면 하던 일을 멈추고 휴식을 취한다. 휴식이란 짬이 나서 하는 게 아니라 의식적으로 노력해서 마련해야 하는 시간임을 안다. 휴식과 여유 없이 긴장 상태가 계속되면 스트레스가 쌓이고 그렇게 쌓인 스트레스는 몸에 독이 된다.

미국의 통증완화의료 전문의인 게이버 메이트의 저서 『몸이 아니라고 말할 때』에서는 질병의 발현을 과거 삶의 궤적에서 찾는다. 책에 나온 사례를 비춰보자면 억압적인 삶을 살았던 이들이 겪은 마음의 상처가 육체적 질병으로 발현되는 경우가 많았다. 억압과 강요 속에서 욕구를 드러내지 못한 것은 화병이 되어 신경계의 면역 반응이나 염증에 영향을 끼친다. 욕구를 더 많이 억압하는 쪽이 질환에 걸릴 확률이 높으며, 자가면역질환 등의 악성 질환은 여성들이 남성보다 발병 확률이 높다는 연구 결과도 있었다.

내가 앓는 병은 이 책에서 사례로 나온 자가면역질환의 일종이다. 자가면역질환이란 몸을 보호해야 할 면역 체계가 스스로를 공격하는 병이다. 질병이란 모두 해롭지만, 자가면역질환은 어쩐지 더 안타깝다. 내 몸이 외부의 해로운 균이 아닌 내면을 공격하는 이 질병은 나의 평소 마음 상태를 돌아보게 했다. 자신을 몰아세우거나 타인과 비교하며 질책했던 일들이 떠올랐다. 이러한 부정적인 마음이 육체적인 병으로 이어졌다고 단정 지을 순 없겠지만, 마음 한 편에 묵직한 납덩이가 내려앉은 느낌이었다.

병을 앓는 건 나를 돌아보는 계기이기도 했다. 타인의 눈을 의식하며 상처에 둔감한 척 연기하거나 자신을 한미하게 대했던 기억은 몸 안에 고스란히 쌓였다. 외부에서 나를 면면이 뜯으며 품평할지언정 나만큼은 나를 고매하게 대할 수 있어야 했다. 그런 태도가 자신을 지키는 내면의 면역력이 된다는 것을 뒤늦게 깨달았다.

젊은 나이부터 병을 앓는 게 유쾌하진 않지만, 나름대로 염증과 사이좋게 지내려 한다. 염증은 나의 상태를 즉각적으로 알려주는 적색 깃발과 같다. 무감하게 스칠 수 있는 작은 피로도 지나치지 않고 알게 해주니 고마운 점도 있다. 통증 덕분에 무리하게 달려가던 육체에 적당한 기어를 넣어 속도를 조절하듯 컨디션을 관리한다. 빠르게 달릴 때와 천천히 가야 할 때, 그리고 멈춰야 할 때를 배운다.

앞으로도 난 내 안의 염증을 어르고 달래며 사이좋게 살아가려 한다. 찌르르 울리는 아픔은 적응하기 쉽지 않지만 내 몸이 필요한 것을 알려주는 신호라 생각할 것이다. 나침반 하나 정도 지니고 사는 것도 나쁘지 않은 인생이니까.

주기적으로 대학병원에서 검진을 받는다.
약을 먹은 지도 5년. 병원에 가는 건 이젠 익숙하다.

염증이란 제멋대로라서 수치가 올라가면
통증이 갑자기 생겨 애를 먹기도 하지만

컨디션을 알아차릴 수 있도록 돕는
나침반이라고 생각하며
꾸준히 관리하기 위해 노력하고 있다.

엄마의 독립

～～～～

2년 전이었다. 회사에서 근무 중일 때, 엄마에게 연락이 왔다. "나 집 나오려고 해." 엄마는 진지하게 입을 열었다. 처음엔 자식을 출가시킨 뒤의 단출한 삶에 섭섭함을 토로하는 넋두리인 줄 알았다. 아빠와 사이가 좋지 않았지만 살 맞대고 살아온 세월까지 어찌하겠냐며 체념한 투로 말하곤 했던 엄마였다. "너희도 없는데 더 이상 집에 있을 이유가 없어." 오랫동안 생각하고 결정한 모양인지 엄마의 음성엔 흔들림이 없었다. 그 말이 지나가는 가벼운 말이 아님을 알고, 결정에 수긍했다. 언니와 난 부모의 손에서 벗어나 자기 안위를 책임지는 나이가 됐다. 그러니 엄마도 부모의 역할에 매여 명목상으로만 유지되던 가족의 둥지를 지킬 이유가 없었다. 여행 가방에 옷가지만 챙겨 나온 엄마는 이후 아빠와 떨어져 완전하게 독립했다.

독립한 엄마에게 혼자 사는 게 어떤지 묻자 10년 묵은 체증이 내려간 기분이라는 답이 돌아왔다. 무거운 짐을 벗어버린 듯 홀가분한 표정이었다. 엄마는 오랜 시간 실행에 옮기지 못한 일을 완수한 것에 만족스러워했다 .

우리 집은 가장 역할에 충실하지 못한 아빠 대신 엄마가 실질적인 경제를 도맡았다. 감당하기 벅차서 도망치고 싶은 순간이 많았을 게 분명한 세월이었다. 내가 그 세월을 직접 경험한 건 아니지만 엄마가 결혼 생활에 고민이 많았다는 건 어렸을 때부터 잘 알고 있었다. 그래서였을까. 엄마는 어린 딸들에게 이혼하고 싶다는 말을 후렴구처럼 반복했다. 어렸을 때는 그 말이 듣기 싫어 차라리 이혼하고 엄마의 삶을 살라고 말했다. 부모의 이혼으로 인한 상처보다 두 분의 불화를 목도하는 것이 정신적인 피로가 더 컸다. 새벽마다 날카로운 욕설과 고성을 시끄럽게 주고받는 대신 각자의 삶을 찾아 떠나는 편이 자식들의 정신 건강에 낫다며 나와 언니는 모질게 말하기도 했다. 돌이켜보면 난 어릴 때부터 시니컬하고 회의적인 기질이 다분한 아이였다. 힘들어하는 엄마가 자식들에게 듣고 싶었던 말은 그럼에도 엄마가 곁에 있어서 고맙다는 말이었을 것이다. 위로의 말을 건네주지 못한 철없는 딸은 뒤늦게 엄마의 심정을 헤아릴 수 있게 됐다.

엄마는 부모의 역할에 충실하기 위해 노력했다. 부부 사이에 불화가 있어도 양육에 대한 책임을 저버리거나 가정을 버리지 않았다. 새어머니의 손에서 자란 엄마는 자신이 겪은 상처와 결핍을 우리에게 대물림하지 않겠다는 강한 결심이 있었다. 덕분에 우리 자매는 비교적 평범한 가정에서 성장할 수 있었다. 가족의 울타리를 지켜나가는 과정에서 겪었을 엄마의 어려움과 노고를 떠올리면 가슴이 먹먹하다. 도망치고 싶을 때도 꿋꿋이 버티며 엄마는 딸들의 손을 끝까지 놓지 않았다. 그간 엄마의 마음을 알아주지 못한 무심한 딸이라 미안하고, 다른 한편으로는 최선의 사랑을 베풀어준 것에 대한 고마움이 크다.

독립 후 엄마는 새로운 터전에서 일을 시작했다. 옷가게를 운영하며, 저녁에는 노인복지관의 요양보호사 교육을 받는다. 힘들다고 하면서도, 자투리 시간을 활용해 틈틈이 공부하는 엄마가 자랑스럽다. 노트에 빼곡히 적힌 메모도, 살짝 찌푸린 눈가의 옅은 주름도 더없이 좋아 보인다. 의욕적인 엄마의 모습은 자식들과 함께 보낼 수 있는 충분한 시간이 있음을 뜻하는 긍정적인 신호 같아 다행이라 여겨진다.

　부모라는 프레임에서 벗어나 자신의 삶을 찾아 떠난 엄마. 이젠 누군가의 엄마나 아내로서 책임감에 끌려 다니지 않고 자유롭게 살아갔으면 좋겠다. 하고 싶은 일을 하며 본래의 이름을 찾기를. 왜냐하면 엄마는 나의 엄마이기 이전에 사랑스럽고 꿈 많은 소녀였으니. 잃었던 청춘을 내가 직접 보상해주진 못하지만, 앞으로 자신만의 의미 있는 일들로 생애를 채워나갈 엄마를 응원하고 싶다. 어려운 사람을 보면 그냥 지나치지 못하며, 경비 아저씨에게 따끈한 국을 만들어 건네고, 딸이 좋아하는 음식은 기억해뒀다 택배로 부쳐주는 등 남에게 베푸는 것에 아낌없는 우리 엄마는 충분히 사랑스럽고 멋진 여자니까.

이별을 준비하는 자세

~~~~~~~~~~~~~

.

엄마는 술에 취하면 찬장이나 옷장을 뒤적였다. 무감한 얼굴로 아끼던 그릇을, 내가 즐겨 읽는 책을, 아빠의 서류를 한꺼번에 봉투에 담아 버리던 엄마. 엄마는 무언가를 버리는 데 주저함이 없었다. 채우기보다는 비워내야 한다는 강박에 사로잡힌 것 같았다. 그래서 우리 가족은 물건이 없어지면 제일 먼저 엄마를 의심했다. 정리한다는 명목으로 버렸을 거라는 합리적 의심은 사실인 경우가 많았다.

지금 떠올리면 엄마가 버리고 싶었던 건 물건이 아니었다. 가정에 무관심했던 아빠와 불안정한 경제생활, 책임져야 할 자식들. 정작 버리고 싶었던 건 떠안고 가기 벅찬 생의 무게가 아녔을지. 이젠 엄마가 왜 그토록 물건들을 강박적으로 버렸는지 헤아릴 수 있을 만큼 나이를 먹었지만 난 달라진 게 없다. 엄마와 다르게 난 버리는 데 서툴다. 인간관계든 물건이든 마음 준 것들을 손에서 놓는 것에 익숙하지 않다.

어렸을 땐 엄마 눈을 피해 쓰레기장으로 뛰어가곤 했다. 소중한 추억들을 몰래 구출한 뒤 소화전이나 후미진 창고 안에 넣어두었다. 오래되고 낡은 만화 잡지나 일기장, 거창한 게 없는 사소한 기록이나 편지를 볼 때면 마음의 평화를 느꼈다. 남들 보기엔 하찮아 보여도 그 안에 그 시절의 내가 고스란히 남아 있었다.

첩보 작전처럼 은밀한 방식으로 사수한 추억들은 평소엔 잊고 지내다 예기치 못한 순간에 마주치곤 했는데, 이삿짐을 정리하거나 계절이 바뀌어 옷 정리를 할 때가 그러했다. 우연히 낡은 일기장이나 편지를 발견하면 산더미 같은 짐을 잊고 감상에 젖었다. 다시 돌아가지 못할 시절이라는 것을 알기에 좀 더 애틋한 향수를 느꼈다. 그땐 내 전부라 확신했던 것이 세월에 따라 바래는 것을 보면 마음 한구석이 시큰해지기도 했다. 지금은 연락하지 않는 친구의 편지나 당시 고민이 생생히 담긴 다이어리 등을 펼치며 기억을 하나씩 들추다 보면 내가 몸담고 있는 세계가 내 속도와 달리 빠르게 앞질러 가는 것처럼 느껴졌다.

과거에 읽었던 책에 깨알처럼 작은 글씨로 적은 감상과 다이어리에 기록한 일상들. 관심사에 따라 모아둔 잡지나 책들. 그 안에는 과거의 괴로움과 슬픔, 기쁨이 한데 녹아 있다. 남아 있는 추억은 내가 사랑받았거나 치열하게 살았다는 증거 같아 더없이 소중하다. 그러나 어느 시기가 지나면 자연스럽게 버리는 것들도 생겨난다. 기억이나 추억을 자신과 동일시하진 않지만, 그 흔적이 과거의 내 발자취이니 이별을 준비할 충분한 기간도 필요하다. 준비를 마치면 계절이 변화하듯 자연스레 이 기억과 물건을 놓아주어야겠다는 생각이 든다. 그때 '그동안 나와 함께 해줘서 고마워'라는 인사를 남기고 경건한 마음으로 보내준다. 사라질 추억에 옅은 아쉬움이 배어나지만, 기억은 고스란히 내 안에 남아 있으니 속절없이 아쉽거나 슬프지 않다.

앞으로도 좋은 기억들이 머물다가 사라지는 과정을 반복적으로 겪게 될 것이다. 그때마다 난 추억의 유예기간을 두고, 그 기억에서 위로나 힘을 얻으리라. 추억을 물 흐르듯 떠나보낼 적정한 때가 오기를 느긋하게 기다렸다가 그때가 되면 조금은 홀가분하게 떠나보냄을 반복하면서.

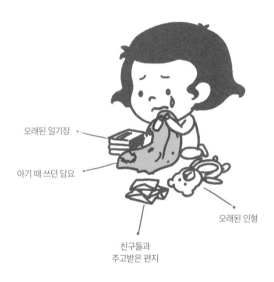

오래된 일기장

아기 때 쓰던 담요

오래된 인형

친구들과
주고받은 편지

떠나보내지 못할 이유는 늘 넘친다.

예민하게 살렵니다

~~~~~~

"넌 왜 이렇게 예민하니?" 어렸을 때부터 늘 듣던 말이다. 지나가듯 내뱉는 타인의 이런 말이 내겐 아픈 가시로 박혔고, 자존감에 상처를 주는 칼날이 되기도 했다.

"사람이 둥글둥글해야지." 익히 들어왔던 어른들의 말과 판이한 나의 성격은 벼린 검처럼 날이 서 있었다. 예리하게 날 선 성미는 무뎌지게 만들어야 한다고 배워왔기에 무던하게 굴기 위해 노력했지만 타고난 성향을 바꾸는 데에는 한계가 있었다. 난 여전히 가시를 세운 한 마리의 고슴도치였다.

예민한 성격을 고쳐야 한다는 생각에 의구심을 가져본 적은 없었다. 늘 나의 지나친 확대해석이 상황을 심각하게 보이도록 만드는 것이기에 나만 변하면 모든 게 다 괜찮을 거라고 여겼다. 급변하는 상황에서도 유연하게 대처하는 사람들이 부러웠다. 과도한 해석과 의미 부여 대신 문제를 있는 그대로 받아들이고, 피해 의식 없이 의견을 표현하는 태도가 멋져 보였다. 그런 이들이 내 눈엔 단단한 방패를 지닌 무적으로 느껴졌다.

감정이 불편할 때 제일 먼저 내 머릿속을 지배하는 것은 타인의 시선이었다. 내 의견이 다른 사람이 보기에도 타당한 가에 비중을 두고 고민했다. 감정을 솔직히 말했다가 사소한 부분도 꼬투리 잡는 '프로 불편러'로 보이고 싶지 않았다.

내가 지금 이 상황에서 화를 내는 게 예민하게 보이지 않을까? 이런 감정을 느끼는 게 내가 과민해서일까? 이런 생각들이 나를 옥죄는 올무였다. 다수의 사람들이 납득할 만한 의견이 아닌, 혼자 느끼는 불편함을 마치 죄처럼 여겼다.

예민하면 새로운 환경에 적응하는 데 남들보다 시간이 오래 걸리며 타인의 감정 지수에도 지나치게 영향을 많이 받는다. 사소하게는 오늘따라 저기압인 상사를 볼 때 그 원인이 나의 실수와 연관된 건 아닌지 은근히 눈치가 보인다. 넘겨도 될 일을 극단적으로 해석하는 스스로가 피로할 정도다. 이런 성격을 들키지 않으려 무던한 척 연기하면, 인간관계에 대한 회의감과 스트레스를 이중으로 받는다.

말하지 않으면 아무도 몰라준다는 것을 알고부터는 솔직하게 이야기하려고 노력하게 됐다. 왜 그렇게 예민하게 반응하냐며 좀 더 쿨해지라는 말에 난 원래 쿨하지 못한 성격이라 미안하다고 웃으며 말한다. 그러고 나면 마음의 여유가 조금은 생긴다.

이건 정말 누가 봐도 아니다 싶은 순간, 의견을 솔직하게 표현한 적이 있다. 이때의 경험이 불편한 감정을 미련스레 넘기지 않고 드러내는 계기가 되었다.

회사를 다닐 때, 외부 업체 관계자가 방문했다. 팀장이 내게 커피를 준비해오라고 지시했다. 사무실에는 다른 남자 사원들도 있었는데, 굳이 안쪽 파티션에 자리한 나를 지목했다. 커피가 필요하다면 미팅에 참여하는 사람이 직접 준비하거나, 그게 어려우면 양해를 구하며 부탁하는 태도가 상식이다. 그런데 팀장은 자신이 말하기 전에 커피와 다과를 준비하지 않은 나를 센스가 없다며 책망했다. 그 말에 처음 일었던 감정은 불쾌감이었다. 죄송하다고 사과하거나 어색하게 웃으며 넘기면 내 감정이 훼손될 것 같았다. 수초 동안 고민하다 내 딴에는 용기를 내서 말했다. 여자 사원에게만 커피 심부름을 시키는 건 부당하다고. 내 근로 계약서엔 커피 심부름을 해야 한다는 조항이 명시되어 있지 않으니 필요하다면 스스로 하시라고. 그 말을 들었을 때 일그러진 상사의 표정을 보며 움찔했지만, 한편으로는 통쾌했다. 그 후 커피 심부름을 지시 내린 팀장과는 대화가 오가지 않았다. 물론 커피 심부름도 시키지 않았다.

이때 깨달은 건, 굳이 내가 느낀 감정을 숨기지 않는 게 좋다는 것이었다. 부조리하거나 납득이 가지 않으면 즉각적으로 대응하는 게 마음을 지키는 최선의 방법이다. 분위기를 싸하게 만들거나, 어색해질까 봐 입을 다물면 결국 내 손해, 상처를 떠안는 건 결국 나다. 아무 말이나 편하게 할 수 있는 만만한 사람보단 지켜야 할 선이 존재하는 불편한 사람이 되는 게 경험상 더 나았다.

이젠 굳이 예민한 성미를 숨겨야 할 치부로 여기지 않는다. 적당한 예민함은 상대의 생각과 반응을 기민하게 알아차리는 센서 역할을 하니, 나쁜 점만 있는 것도 아니었다.

"갑각류는 탈피 직후 제일 약합니다. 이런 갑각류는 인간의 마음과 닮아 있죠. 진짜 내가 성장하는 순간은 탈피한 갑각류처럼 스치기만 해도 상처받을 것만 같은 약한 순간들입니다. 이 과정에서 상처를 받고 회복하면서 조금씩 단단하게 변화합니다."

〈알쓸신잡〉이라는 교양 프로그램에서 뇌과학자 장동선이 했던 말이다. 이 말이 때때로 나를 위로해준다. 내 마음은 갓 탈피한 갑각류처럼 여리고 무르지만, 그 과정에서 나를 지켜나가는 법을 하나둘씩 배워가고 있는 중이다. 겪어내다 보면, 마음은 단단해질 수 있으리라 믿는다. 이젠 마음이 예민하게 곤추설 때도 감정에 빠져 있지 않고 물러서서 응시할 수 있는 너그러움도 생겼다. 애써 자신을 뜯어고치거나 바꾸려 하기보다 날카로운 나의 가시도 겸허히 받아들이려 한다. 예민해도 난 충분히 괜찮은 사람이다. 연약한 마음이 점점 더 단련되어가는 과도기에 놓여 있을 뿐이다.

예민한 성격 탓에 사소한 일에도
상처받는다.

가령 회사에서 상사의 반응에
지나치게 신경 쓰는 나를 발견할 때.

상대방의 말에
괜한 의미를 부여해 혼자 고민에 빠지곤 했다.

고민을 털어놓자 친구는
내 성격의 좋은 점을 밝혀주고 다독여주었다.

어느 날 내가 죽었습니다

〰〰〰〰〰

친구 B가 무기력과 열등의식에 괴로워하다 우울증 약을 복용하기 시작했다. 약을 먹은 뒤로 비교적 안정적인 상태라고 들었지만, 약물로 마음의 병이 손쉽게 사라질 리 없었다. 목숨을 끊고 싶다는 말을 자주 하던 B는 언젠가 담담하게 말했다. 꼭 죽어야겠다는 결심이 선 것은 아니었다고. 누구든 죽기 전에 비장한 결심이 있을 거라 생각하지만 의외로 죽음에 대한 결심은 대단하지 않다는 게 그녀의 대답이었다. 처음엔 겁 많고 여린 B가 목숨을 끊고 싶다는 생각을 했다는 게 믿기 어려웠다. "도로를 달려가는 차가 보이는데, 내가 아무 생각 없이 도로로 걷고 있더라고, 꼭 무언가에 홀린 것처럼. 자칫 한 발만 더 나갔더라면 난 어쩌면……." 그녀의 말을 들으며 나와는 먼 얘기처럼 들렸던 '죽음'이 멀지 않게 느껴졌다.

철학자 강신주의 말에 따르면 죽음에는 나의 죽음, 너의 죽음, 타인의 죽음이 있다고 한다. 이 중 우리가 많이 접하는 것은 타인의 죽음이다. 일면식이 없는 자들의 죽음은 신문 기사 한 줄 정도로 여상하게 흘려듣는다. 무심코 지나친 도로 전광판의 사망자와 부상자 란에 적힌 숫자를 보며 어제보다는 사망자가 줄었다는 말로 이름 모르는 자들의 죽음을 무감하게 받아들인다. 반면 너의 죽음은 가까운 이들의 죽음을 뜻한다. 가족, 친지, 친구의 상실은 마음으로 느끼는 슬픔과 아픔이 엄청나다. 남아 있는 자들은 죽은 자의 기억의 무게까지 짊어지고 살아간다. 이렇듯 죽음은 창고 안의 골동품처럼 직면하고 싶지 않더라도 일상적으로 일어난다. 그럼에도 갑자기 다가오면 낯설고 이질적으로 느껴진다. 있어서는 안 될 일이 벌어지듯 당혹감과 먹먹함을 가져다주는 그 단어. 입으로 되뇌면 묵직한 돌덩이를 가슴에 얹은 듯 답답한 감정이 치민다.

일이 생각대로 풀리지 않거나 힘들다는 감정을 여실히 드러내려는 의도에서 "이래서 죽겠다", "저래서 죽겠다"라는 이야기를 입에 달고 살았다. 확신할 수 없는 미래를 떠올릴 때면 숨이 막혀서 진짜 죽어버릴까 고민한 적도 있었다. 내가 꿈꾸고 바라던 삶을 사는 이들을 관망하며 구경꾼처럼 숨죽여 사느니 죽는 게 낫다는 자괴감에 젖었다. 아무것도 하고 싶지 않고 자고만 싶었다. 영원한 수면에 빠져 깨어나지 않길 바랐다. 눈 뜨면 변하지 않은 현실을 또다시 마주할 자신이 없던 때였다. 내일이 더 나아질 거라는 기대와 낙관이 전무하자 내 안에는 절망적인 음성이 계속해서 들려왔다. 오늘이 죽을 것처럼 힘드니 목숨을 부지하며 살 이유가 없다는 회의적인 말들이었다.

이런 마음은 내가 특별히 어려운 상황에 놓였거나 대단한 고민을 하고 있어서 가졌던 감정이 아니다. 죽음에 대해 고심할 때가 누구나 한 번씩은 있다. 우울증이 엄청난 정신적 장애나 심각한 질병이 아닌, 누구나 가질 수 있는 마음의 감기라는 것에 공감한다. 감기는 면역력이 떨어졌을 때 쉽게 걸릴 수 있으므로 나 또한 예외가 될 수 없다.

김은숙 작가가 쓴 드라마 중 〈상속자들〉을 좋아한다. 전형적인 캔디형 여주인공과 서자 콤플렉스를 가진 재벌 집 남자 주인공의 로맨스는 고등학생들의 사랑 이야기치고 꽤나 복잡다단하다. 신분을 뛰어넘는 현대판 로미오와 줄리엣 같은 느낌도 드는데, 개성이 뚜렷한 주변 인물들이 매력적으로 그려진 점이 좋았다. 이 작품에서 제일 기억에 남는 건 두 사람의 사랑 이야기가 아닌 전혀 다른 데 있다. 은상이 제국고에 처음 전학 와서 보게 된 건 다름 아닌 바닥에 그려진 흰색 시체 보존선이다. 이 선은 앵글에서 스쳐 지나가지만, 이후에도 몇 차례 의도적으로 화면에 잡힌다. 가령 은상이 바닥에 그려진 시체 보존선을 발견하고 놀라자 명수가, 이건 진짜가 아니라며 지워도 누군가 계속 그린다는 말을 한다. 이야기의 중반부까지 봤을 땐 시체 보존선을 그린 건 영도에게 괴롭힘을 당하는 준영이며 그가 극단적 시도를 할 것이라는 암시라고 예상했다.

〈상속자들〉 마지막 회에서 드디어 시체 보존선을 그린 사람이 누군지 밝혀진다. 나의 예상과 달리 시체 보존선을 그린 건 한 사람이 아니었다. 처음 밝혀진 범인은 영도였다. 은상은 우연히 영도가 학교 앞 보도에 시체 보존선을 그린 뒤 다 쓴 스프레이통을 버리는 모습을 본다. 이후에 선이 흐릿해질 때쯤엔 라헬이가, 또 다른 날엔 명수가 또 어떤 시점엔 예술이가 그 자리에 흰 스프레이로 시체 보존선을 그린다. 이는 상속자들의 부제 '왕관을 쓰려는 자, 그 무게를 견뎌라'라는 대목을 떠올리게 한다. 각자가 내색하지 않지만, 삶의 무게와 고뇌, 슬픔 등을 지녔음을 보여준다. 이들은 시체 보존선을 그리는 행위를 통해 자신의 고민을 내던진 게 아니었을까. 무력한 삶을 버리거나 포기하고 싶을 때 스프레이를 들고 자신의 고뇌를 바닥에 흔적처럼 남겨둔 것이리라. 버거운 고민을 안은 인물들의 심리를 엿볼 수 있는 대목이다. 마냥 좋은 조건에서 구김살 없이 살아온 철부지 부잣집 자제들도 각자의 비애와 고민을 갖고 있다는 점에서는 나와 다르지 않았다.

나만 그런 게 아니라 모두 비슷한 감정을 느낀다는 사실을 확인하는 건 때론 꽤 힘이 된다. 내가 겪는 일이 혼자만 느끼는 불행이라 생각하면 그 문제가 감당할 수 없을 만치 커 보인다. 나뿐 아니라 모두 생을 멈추고 싶을 만큼 힘든 순간이 있음을, 바로 내 곁에 있는 이도 그런 힘든 과정을 인내하며 나아가고 있음을 알면 생의 무게를 약간은 덜 수 있다. 내가 지금 힘든 건 잘못되거나 나약한 게 아니라는 사실을 통해 위로받는 날, 스스로에게 향했던 비난의 화살을 거둘 수 있을 테니.

누구에게나
삶이 버거운 순간이 있다.

그럴 때 내가 겪는 고민과 슬픔이
혼자만 겪는 게 아니라는 사실에 위안을 얻는다.
그 위안이 오늘의 나를 살게 한다.

자아도 성형이 되나요?

초등학교 때 썼던 그림일기의 한 장면이 여전히 내 기억 속에 남아 있다. 그림 속 나는 철갑 모자를 머리에 눌러쓰고 수술대에 누워 있다. 곁에는 연로한 의사가 집도 준비를 하고 있다. 굳게 다문 입술과 고집스러운 눈매에는 수술에 대한 자신감이 드러난다. '성격 외과'라는 간판을 달고 있는 이곳은 성격을 원하는 대로 바꿀 수 있는 병원. 삐뚤빼뚤 연필로 그린 그림이 뇌리에 남아 있는 건, 내 욕망을 투영한 그림이었기 때문이다.

기가 센 언니와 불같은 성미의 엄마 밑에서 자라며 생존을 위해 눈치를 보는 것이 습관으로 자리 잡았다. 어린 시절에는 어떻게 하면 부모님이나 선생님께 혼나지 않을지 생각하는 것이 세상에서 가장 중대한 문제였다. 혼이 나지 않는 착한 어린이로 불리는 게 인생의 화두였으니 늘상 위축되어 있었다. 포장된 상자 속 인형처럼 불안에 떨며 경직됐던 시절이었다. 핀잔 들을 것 같은 말은 애시당초 꺼내지 않았고, '아니오'라는 말보다 '네'라는 수긍이 익숙할 만큼 주눅 들어 있었다. 그 시절엔 적극적이고 당당한 성격의 또래 친구들을 동경했다. 특히 친구들의 인기를 독차지하는 성격 좋고 얼굴도 예쁜 반장은 선망의 대상이었다. 모난 곳 없이 잘 깎인 조약돌처럼 둥글고 활발한 반장 친구의 성격을 닮고 싶었다.

십 대 시절, 타인을 향한 부러움과 열등감에 휩싸여 있었다. 나를 옴죽 못 하게 하던 막을 한 꺼풀씩 벗겨내고, 자유를 되찾는 과도기를 거치며 이십 대를 보냈다. 이십 대 후반의 난 여전히, 삐뚤빼뚤한 선으로 그린 일기장의 한 페이지를 기억하고 있다. 주눅 든 모습은 벗어났지만 마음엔 미세한 불안이 남아 있다.

나를 모르는 사람들은 내가 거침없이 의견을 말할 줄 아는 당당한 사람이라고 생각한다. 그러나 의견을 내비치는 사람이 되기 위해서 의식적인 노력을 해야만 했다. 본래 성향이 아닌, 원하는 이상형에 맞춰 말하고 행동했던 것이다. 한

마디로, 내가 바라던 모습을 연기한다고 볼 수 있다. 때때로 머뭇거리다 해야 할 말을 못 했을 땐, 뒤돌아서 왜 말하지 못했을까 후회를 곱씹었다. 솔직하게 의견을 이야기할 수 있는 기회를 자주 갖지 못하다 보니 표현 방식에 서투른 점이 많았다. 갈등이 깊어질까 봐, 의견을 거부당할까 봐 지레 겁먹고 입을 다물었던 과거는 '흑역사'로 남았다. 자신감 없고 의기소침한 모습은 망친 그림으로 치부하며 검은색 물감으로 뒤덮듯 감춰왔다.

저마다 갖고 있는 자아는 한 가지로 규정되지 않는다. 일상생활에서 개인과 개인의 대면 활동을 연구한 어빙 고프먼의 에세이 『상호작용 의례』엔 두 가지 자아가 등장한다. 일상생활을 영위하는 생활 반경을 공연이라 비유했을 때, 주체로서 공연하는 자아와 공연을 평가하는 객체로서의 자아가 있다. 이것들이 모여 나라는 사람을 다층적으로 이루고 있다는 게 저자의 설명이다. 공연된 결과물로 보이는 자아와 공연하는 실제 자아는 다를 수밖에 없다. 둘은 한 세트지만, 수많은 페르소나를 지닌 인간이 연기하는 얼굴을 어떻게 단 하나로 규정할 수 있으랴.

내겐 남들에게 거절당할까 봐 두려워하는 자아가 있는 한편, 솔직하게 의견을 이야기하는 당당한 면도 존재한다.

내성적인 성격과 솔직함은 결이 달라 보이지만, 두 모습 다 나를 이루는 수많은 파편 중 하나다. 타인을 의식하느라 담대하게 굴지 못하는 모습조차 나인 것이다. 사람에겐 빛과 그림자처럼 여러 면이 존재하는 게 당연한데, 마치 죄인처럼 나약한 자아를 감추려고만 했던 건 결점을 드러내지 않으려는 방어 기제였다. 이젠 그 방어막의 잔재마저 깨끗하게 방류하고 싶다. 자신에 대한 불만과 열등감을 비워내고, 그 자리를 유연하고 말랑한 자기 인정 욕구로 채워가면 되는 일이다. 중요한 건 스스로 인정하고, 수용할 수 있는 건강한 자아의 폭을 넓혀가는 것. 덧붙여 필요한 건, 상처받을까 봐 겁먹는 자신까지 받아들이는 덤덤한 수용성일 것이다 .

강해 보이고 싶어,
누구에게든.

사람들 앞에서 꾸며 쓴 다양한 가면들,
가끔은 내 민낯을 잊어버릴 때가 있다.

부끄럽게도 나는 나를 너무 잘 안다

~~~~~~~~~~~~~~~~~~~~~~~~~~~~

한파가 몰려와 옷깃까지 지퍼를 여몄던 겨울밤 집으로 돌아가는 길이었다. 술에 흠뻑 취한 듯 발그스름한 얼굴에 적갈색 긴 머리를 늘어뜨린 외국인 여성을 보았다. 그녀는 롱치마를 너울거리며 만족감에 취한 표정으로 춤을 추었다. 한겨울 칼바람이나 행인의 흘깃거리는 시선 따위로는 흥이 깨지지 않는 모양이었다. 누군가는 추운 날 술 먹고 주사를 부린다며 흥을 볼지 모르지만 나는 나풀거리는 여인의 춤사위가 싫지 않았다. 오히려 까만 코트를 입은 사람들 사이에서 퍼 코트를 걸치고 한 손엔 맥주 캔을 든 그녀의 느긋한 해이를 부러운 시선으로 보았다. 그녀의 화려한 퍼 코트와 풍성한 머릿결이 바람에 흔들리는 것마저 춤 동작 같았다. 새까만 코트를 입은 난 조금은 느린 걸음으로 여자의 곁을 지나쳤다. 과시하는 것도 아니고 누군가를 의식한 것도 아닌 자연스러운 춤사위가 문득 과거의 나를 떠올리게 했다. 타인의 시선을 의식하며 남들과 다름을 부끄러움으로 인식하지 않았던 순수한 나의 모습을.

명절 때 집에 내려가면 이따금 사진첩을 들여다본다. 사진첩에 있는 여러 사진 중 제일 좋아하는 사진은 어린이집 재롱잔치 때 합창하는 나의 모습이다. 합창하는 아이들은 단체로 한복을 입고 있고 그 사이에 혼자만 꽃무늬 티셔츠를 입고 씩씩하게 노래를 부르고 있는 내가 있다. 혼자만 한복을 입지 못했다는 사실을 부끄러워하긴커녕 주인공다운 특별 의상을 입었다고 믿는 얼굴이 제법 귀엽다. 지금의 나라면 타인과 다름에 특별함보다는 부끄러움을 느꼈을 테지만 어린 시절 나는 주변 시선을 의식하지 않았다. 신나게 네발자전거를 타다 생긴 상처가 턱 끝에 남은 개구쟁이 꼬마의 얼굴을 보며 자문했다. 언제부터 난 부끄러움을 알게 된 거지? 그 물음에 대한 답을 찾기 위해 기억을 헤집어보면, 초등학교 때로 돌아간다. 기억을 좀 더 파고들면 초등학교 3학년, 친구들 사이에 꼭 그래야만 한다는 암묵적인 또래 규칙과 유행이 이어지던 때부터였다.

　　때는 2002년이었다. 월드컵의 인기가 하늘 높은 줄 모르고 치솟던 때, 축구의 축자도 모르던 초등학교 여자아이들 사이에서도 안정환의 반지 세리머니가 일본 관중들을 조용하게 만들었던 박지성의 골 세리머니는 화제였다. 온 국민이 붉은 악마가 되어 축배를 들던 시절, 반 아이들 사이에서 뜨거운 유행 아이템은 붉은 악마 티셔츠였다. 축구 방송을 관람할 때뿐 아니라 평소 학교에도 붉은 티셔츠를 입고 오는 친구들이 많았다. 붉은 악마 티를 입는 게 유행이다 보니 평범한 옷을 입고 가는 게 부끄러웠다.

　　"엄마, 나도 붉은 악마 티 갖고 싶어!" 나의 투정에 엄마는 집에 붉은색 티가 많으니 살 필요 없다면서 옷장 깊숙한 곳에서 붉은 티 서너 장을 꺼내놓았다. 쓰여 있는 문구가 다를 뿐 붉은 악마 티와 다를 바 없었는데도 난 엄마에게 짜증을 냈다. 결국 끈질기게 떼를 써서 붉은 악마 티를 얻어냈고, 친구들 사이에서 혼자만 유행에 뒤처졌다는 초조함과 불안은 안심과 만족으로 변했다. 이후로도 또래 집단의 유행과 관심사의 범주에서 벗어나지 않으려 은근히 노력했다. 친구들이 동방신기와 빅뱅에 열광했을 때도 난 해리포터 시리즈나 율리시스 무어 등의 소설책을 섭렵하는 것에 흥미가 있었지만 대화에 끼기 위해 빅뱅의 노래를 듣고, 동방신기 멤버의 이름을 외웠다. 그때부터였던 것 같다. 남들과 다름이 부끄러움이라고 인지한 그 무렵부터 난 자신에게 온전히 집중하지 못했다. 타인을 지나치게 의식하는 감정의 근육만 비대하게 발달했고, 마음의 불균형이 왔다.

게다가 타인과 다름이 곧 나댄다거나 겉돈다는 의미로 받아들여지는 경우를 보기도 했다. 초등학교 시절, 우리 학년에서 내가 소속된 반의 중간고사 성적이 제일 저조했다. 선생님은 성적 향상을 위한 요량으로 수업이 끝나기 전에 쪽지 시험을 보았는데, 이때 단체로 커닝을 하자는 모의를 반친구들끼리 하게 됐다. 공부를 잘하는 친구 두 명이 반 친구들 전체에게 답을 공유해 쪽지 시험의 평균 점수를 높이자는 제안에 대부분 찬성했다. 나머지 공부를 면할 수 있는 좋은 방안이라며 여러 친구들이 입을 모아 말했고, 반 전체가 그 말에 순응하는 분위기였다. 그러나 모든 이들이 찬성한 건아니었다. 반 친구 중 한 명이, 커닝을 하면 선생님에게 말하겠다고 엄포를 놓았다. 공부를 잘하고 성실해서 담임선생님의 총애를 받는 친구였다. 그 친구가 커닝에 동조하지 않고심지어는 이르겠다고 말해 커닝 모의는 흐지부지되었다. 그후 커닝을 반대했던 친구는 반 아이들 사이에서 '나대는 애',

'재수 없는 애'로 불렸다. 당시엔 나도 작전에 동조하지 않고 반대하는 친구가 유별나게 느껴졌지만 돌이켜 생각하면, 커닝이 옳지 않다는 의견은 비난받아야 할 이유가 전혀 없었다. 오히려 그 친구의 결정이 옳은 선택이었다. 남들 눈치를 보다가 옳지 않다는 걸 알면서도 마지못해 작전에 동의한 게 부끄러운 일이다. 그런데도 자신에게 부끄럽지 않은 떳떳한 선택이 다수의 의견과 부딪치자 튀는 행위로 치부된 것이었다.

　　외국 영화의 아름다운 한 장면을 훔쳐보듯 여인의 춤을 보며 돌아가는 길, 한복을 입은 친구들 사이에서 꽃무늬 티를 입고 노래하던 나를 떠올렸다. 진짜 부끄러운 건 이런 게 아닌데. 붉은 악마 티나 친구들의 유행에 따르기에 급급했던 시절의 내 모습도 덩달아 떠오르자 피식 미소가 새어 나왔다. 나 많이 어렸구나 싶었다. 타인의 시선에 갇혀 남들이 하는 말이나 사회 주류가 하는 이야기가 옳은 것이라 생각하는 게 얼마나 어리석었던가. 다른 이들이 나를 어떻게 생각할지를 지나치게 의식하면 언행과 선택의 기준은 타인이 돼버린다. 남들과 다른 것을 수치나 흠으로 여기는 것이다. 다수의 의견을 따르는 게 맞다고 무작정 믿거나, 옳지 않음을 알면서도 나서는 게 싫어 모른 척하는 행위가 진짜 부끄러운 일임을 다시금 상기하게 된다. 자신을 속이며 타인을 의식하는 감정만

발달시키지 말자. 진짜 부끄러운 건 내가 나로 살지 못하고, 남들을 흉내 내면서 사는 것이다. 자신을 다독이며 집으로 향했다. 나풀거리던 여인의 자유로운 춤사위가 머릿속에서 오래도록 잊히지 않았다.

자유롭게 춤을 추는 여인을 보니
내 어린 시절이 생각났다.

이것도
붉은색
티지?

친구들이 입은
옷이랑 다른데….

남들과 다른 것에 민감했던 그때.

4장

그럼에도 꿈꾸는 삶

남에게 좋아 보이려다 나를 놓치는 순간들

혼자서는 살아갈 수 없는 세상, 크고 작은 관계들이 잎맥처럼 정교하게 이어져 있다. 그 잎맥은 안정감이나 만족감을 줄 때도 있고, 복잡하게 엉켜 날 옭아맬 때도 있다. 한때는 누구에게나 인정받는 괜찮은 사람이 되고 싶어 나를 배척하거나 싫어하는 이들을 지나치게 신경 썼다. 단편적인 모습만 봤으면서 나를 전부 간파했다는 투로 오지랖을 부리거나 내 험담을 삼자에게 늘어놓았다는 사실을 알았을 땐 붉은색 가새표로 도배된 성적표를 받아든 기분이었다. 타인에게 부정당했을 땐 억울하기만 했다. 가볍게 흘려듣고 넘어가기엔 지나치게 얇은 유리 멘탈에 균열이 일었다. 벌어진 상황을 곱씹다 보면 감정 곡선은 억울함이라는 변곡점에 섰다. 서로 논의되지 않았던 업무 연장을 항의하거나 혼자만의 진심을 밀어붙이려는 상대에게 아닌 것 같다고 딱 잘라 말했을 때에도, 그들은 거부당했다는 것을 불쾌하게 여겼다. 누군가 내게 그럴 줄 몰랐다며 실망했다는 반응을 보이면 난 곤란한 표정으로 미안하다고 답했다.

　미처 알지도 못했으며 알 필요도 없던 그들의 기대에 부응하지 못한 게 대단한 실수처럼 느껴지던 순간. 그 분위기에 휩쓸려, 미안하지만 어쩔 수 없다는 말을 내뱉고 집에 돌아온 날이면 '미안하지만'이라는 사족이 마음에 걸렸다. 그 상황에서 내가 미안하다고 말하는 게 옳았을까. 돌이켜 생각해보면 의아했고 불편했다. 그 태도는 본인들의 제안에 대한 내 답이 당연히 예스여야 한다는 전제가 깔려 있었다. 내 거절 의사를 곧 본인에 대한 거부라 생각하며 실망했다고 말하는 이들을 이해할 수 없었다. 내가 허락한 적도 없는 기대를 어째서 일방적으로 갖고 있었던 것인지, 실망했다는 이들의 반응이 뜬금없게 느껴졌다.

　내가 없는 자리에서 도마 위에 나를 올려두고 날카로운 말로 뼈와 살코기를 저미듯 난도질하는 그들에게 찾아가 따지고 싶었다. 오해받고 있는 상황은 지우개로 벅벅 지워내야 할 틀린 답으로 여겼다. 이 답을 다시 정정하고 싶다는 마음이 컸다. 그러나 내가 억울해하는 동안 그들은 나에게 실망했다는 말을 건넨 적 없는 사람처럼 재미있게 물고 뜯을 만한 새로운 타깃을 찾고 있었다. 그때 깨달았다. 이들에게 나를 이해시키기 위해 노력하는 행위가 무용하다는 것을.

그렇게 떠드는 것은 본인의 자유이며 그 부적절하고 한심한 자유에 하나하나 대응하기엔 내 시간과 감정이 아까웠다. 그 정도로밖에 나를 생각하지 않은 사람들을 억지로 앉혀두고 백 마디를 한다 한들 그들이 그중 한마디라도 이해하려 노력할까. 오히려 또 다른 자리에서 "거봐, 내 말이 맞지? 걔 진짜 이상하다니까"라고 떠들며 씹어대는 안줏거리를 주는 것뿐이겠지.

"이해받지 못하는 걸 설명하는 것보다 이상한 사람이 되는 게 더 쉬우니까. 사실 세상은 그게 더 편할 때가 많아. 구차한 년보다 미친년이 낫지."

〈이번 생은 처음이라〉라는 드라마 대사 중 일부다. 그런 의도가 아니었다는 것을 열심히 털어놓는다 해도 난 어떤 그룹, 어떤 이들에게 일회성으로 소비될 뿐이다. 설득이나 이해는 강요한다고 되는 문제가 아니므로 나에 대한 그들의 평가를 정정하는 건 불가능에 가깝다. 그러니 이해받지 못했다는 사실 때문에 속 끓이는 것보다 '싫으면 말고! 미친년 하지 뭐' 라고 생각하며 넘기는 게 더 낫다. 구차해지기보다 미친년이 되는 게 훨씬 속 편하다.

이젠 내 정신 건강을 위해서라도 모두에게 좋은 사람이 되려고 애쓰지 않는다. 그들의 생각과 평가를 세세하게 신경 쓰고 정정하는 건 무의미한 행위이며 자의적인 판단을 손쉽게 내리는 부류는 거리를 두는 게 마음을 지키는 최선의 방법이다.

실망했다고 말하는 이들에게 난 미안하다는 말을 할 필요가 없었다. 말을 뱉고 난 뒤 아차 싶었던 건 굳이 사과할 이유가 없었다는 걸 스스로도 알고 있었기 때문이다. 남들 기대에 부응해야만 미움받지 않는다는 강박이 마음에도 없는 사과를 강요했다.

상대의 눈치를 살피며 그가 원하는 답만 조잘거리는 착한 사람 말고, 하고 싶은 말을 솔직하게 할 수 있는 미친년으로 살자. 내가 나에게 좋은 사람이 아닌데, 주변인들에게 좋은 사람으로 불리는 게 뭐가 그리 중요한가. 점차 관계에 대한 기대를 놓자 마음은 편안했고, 인간관계라는 지표가 곧 나라는 사람을 의미하는 대단한 성적표가 아니라는 사실을 깨달았다.

누군가를 대화의 유희거리로 삼는 이들에게 대단한 걸 바랄 순 없다. 원래 그런 사람이라는 걸 초연하게 받아들이면 그만이다. 그들에게 날 이해시키려는 노력 대신 나 자신과 나의 울타리 안에 있는 소중한 이들에게 집중하는 게 훨씬 가치 있다.

타부서에서 업무 요청이 왔으나
다른 업무가 많아 어렵다는 의사를 전했다.

그러자 상대가 정색하며
불편한 기색을 드러냈다.

부탁에 당연히 응해야 한다는
상대의 태도에 마음이 상했다.

사랑 그게 뭐라고

~~~~~~~~

회사에 다니던 시절, 점심시간만 되면 자칭 '연애 포기자'인 대리님이 직원들에게 소개팅 설이나 연애 근황을 물어보곤 했다. 연애 프로그램은 챙겨 보지도 않는다면서 바로 옆 사람의 연애사엔 궁금한 게 많았다. 식사 도중이나 휴게실에서 차 한잔하다 보면 의도치 않게 연애사를 풀어놓는 사람들이 있었다. 주말 동안 무슨 일이 그리 많았는지, 서로 이야기를 주고받다 보면 한 시간이 훌쩍 지나갔다. 우리를 즐겁게 하는 건 현재 진행 중인 달달한 연애보다는 실패한 소개팅 또는 답답한 연애 고민들이었다. 재밌는 건 그 이야기에 훈수를 두는 건 정작 연애를 하지 않는 사람들이라는 것. 이들은 잘되는 연애보다는 안 되는 연애에 더 흥미를 보였다.

그런 자리 중 한번은 회사 동료가 스물아홉 살에 첫 연애를 하게 된 지인의 이야기를 사람들에게 전한 적이 있었다. 동료는 지인의 남자 친구 행동이 마음에 들지 않는다는 평가의 말을 덧붙였다. 전해 들은 남자의 행동은 삼자의 입장에서도 그리 좋아 보이지 않았다. 일면식이 없던 첫 만남부터 코로나 시국이니 안전하게 방을 잡고 만나는 게 어떠냐는 제안뿐만 아니라 성관계를 가질 때도 콘돔 없이 관계를 맺었으며 크리스마스 때 그가 건네준 선물이 핫팩과 보온병이라는 일화를 들었을 땐 듣던 사람들이 탄식을 내뱉었다. 남자의 직업이 경찰이라는 말을 듣고 옆에 있던 동료가 무릎을 탁 치며 하는 소리가 압권이었다. "경찰서에 보온병이랑 핫팩은 상비용품이래. 퇴근길에 집어다 갖다준 것 아닐까." 꽤나 설득력 있는 설명에 모두 동조했다.

다른 사람의 연애사를 들으며 내 연애와 비교하고 위안을 얻었다. 나만 번번이 실패한 연애를 한다는 자괴감에 젖어 있을 때, 다른 이들이 불행한 연애 관계나 쉽게 풀리지 않는 연인 간 갈등을 하소연하면 마음이 편해졌다. 나보다 더 불행한 사람이 있다는 사실을 인지해 내 불행을 상쇄했다. 약간의 정신 승리와 합리화로 내가 느끼는 불행이나 연애 고민의 무게를 줄이는 것이었다.

연애라는 건 뭘까. 드라마나 소설 속에서 엿볼 수 있는 아름다운 사랑과는 동떨어진 연애사를 듣다 보면 의문이 든다. 누구든 굳이 연애를 하지 않아도 혼자서 일상을 재미있게 살아갈 수 있다. 먹고 싶은 걸 먹고, 가고 싶은 곳에 가며, 누군가에게 취향을 맞출 필요 없이 마음대로 할 수 있다. 혼자 노는 게 질리면 친구들을 만나 수다를 떠는 것으로 재미를 찾으면 된다. 연애를 한다는 건 에너지를 할애하는 일이며 세계와 세계가 충돌하는 일이다. 서로 다른 생활패턴과 가치관을 지닌 남녀 관계는 애틋한 사랑의 감정만으로 순탄하게 이어가기 어렵다. 서로 다른 타인이 이견을 좁히며 이해의 폭을 넓혀가는 노고를 반복해야 한다. 이 과정은 드라마나 소설처럼 늘상 아름다운 건 아니다. 상대와 갈등을 몇 번 겪다 보니 모든 게 완벽한 관계란 존재하지 않으며 로맨틱하고 완벽한 연인이란 허상이 아닐까 하는 생각이 든다.

나 역시 연애 전선이 꼬이고 남자 친구 때문에 불안할 때면 친구들에게 한탄하곤 했다. 내 불행으로 누군가 위안을 얻을 것을 알면서도 고민을 터놓지 않으면 가슴이 답답했다. 그렇다고 이야기한 뒤에 속이 후련한 것도 아니며 고민을 해소할 지혜도 얻지 못했다. 그저 한탄하고 위로받고, 누구는 어떤 일이 생겼다더라 하는 이야기를 듣는 게 다였다.

나는 연애 관계란 갑을 관계라 여겼다. 더 사랑하는 쪽이 손해이며, 덜 사랑해야 상처받지 않는다고 생각했다. 일방적인 애정을 쏟거나 손해 보는 관계는 절대 만들지 말아야겠다는 생각이 깊게 뿌리 내려 돈이나 시간은 쓸지언정 마음을 주는 것엔 인색했다. 내가 애정을 많이 쏟을수록 상대는 나에 대한 흥미가 떨어지는 게 불문율이라는 강박이 나를 불안하게 했다.

그러면서도 한편으로는 평탄하고 만족스러운 연애를 이어가는 이들이 부러웠다. 사랑받는 여자들에게서 뿜어져 나오는 기운이 내게도 뿜어져 나오기를 바랐고, 부모나 친구로부터 채워지지 않았던 사랑과 애정을 상대에게 기대했다. 그러나 기대는 실망으로 바뀌었다. 대가 없는 순수한 애정을 받길 원했지만 정작 내 안엔 사랑에 대한 나만의 기준과 가치가 공고하고 까다롭게 성을 이루었다. 그 성에 가려져 상대를 제대로 보지 못했다. 내가 바라는 사랑이란 게 도대체 뭐였는지, 왜 밑 빠진 독에 물 붓듯 만족감을 느낄 수 없었는지 되짚어본다. 어쩌면 난 사랑이라는 것에 너무 큰 기대와 의미를 부여하고 있던 건 아닐까. 사랑, 그게 뭐라고. 그저 내 곁에서 따뜻하게 빈틈을 메워주고 시간을 함께 공유하는 것 정도도 사랑일 수 있는데. 난 얼마나 반짝이고 비싼 사랑을 원했던 건가.

이전엔 드라마 속에나 나올 법한 낭만적인 사랑의 정의가 있을 거라고 믿었다. 그러나 기대했던 상상은 허상이며 내가 내린 사랑에 대한 정의야말로 내 연애를 불완전하다고 느끼게 만들었다는 걸 알게 됐다. 일이 잘 풀리지 않아 울음이 쏟아질 것 같을 때나 맛있는 음식을 먹을 때면 떠오르는 이가 있다면 그 정도가 평범한 우리의 사랑일 것이다. 내 옆에 있는 사람이 백마 탄 왕자는 아니더라도 무서운 밤거리를 함께 걷는 좋은 길동무가 되어준다면, 거기에서 느끼는 온기도 사랑이라 하겠다.

다정한 남자 친구에 대한 얘기를 들으면
내심 부러웠다.

되돌아보면 난 사랑에 대해
너무 높은 기대를 갖고 있던 건지도 모른다.

시간을 공유하고,
따뜻하게 빈틈을 채워주는 것이면 된다.
잠시나마 서로에게 온기를 주고 힘이 될 수 있는 관계라면
그것만으로도 사랑일 수 있다.

낡아지기보다 깊어지자

~~~~~~~~~~~~

친구 A가 사는 낙이 뭐냐고 물었다. 바로 답이 나오지 않아 멍해졌다. 원하든 원치 않든 시간은 나의 의사와 무관하게 흘러가고 있었다. 그 속도에 보폭을 맞추지 않고 물살에 떠밀려 가고 있는 느낌이었다. 삶의 즐거움이 될 만한 것이 떠오르지 않는다는 건 자신을 돌보는 데 소홀했음을 뜻한다. 질문을 곱씹다 솔직하게 답했다. 여유 없이 쫓기듯 살아가고 있다고. 곁에 있던 다른 친구들도 공감한다는 듯 고개를 끄떡였다.

작년 하반기에 공무원 시험에 합격한 A가 말했다. "난 진로 걱정을 하지 않아도 되는 안정감 있는 삶에 만족하는 중이야." 곁에 있던 B는 결승점에 먼저 도달한 선두주자를 보듯 A를 부러워했다. 직장을 관두고 공무원 시험을 준비 중인 B는 불안감을 털어놓으며 모임 내내 A에게 시험에 관련한 팁을 열심히 물었다.

우리는 모두 각자 다른 환경에서 살고 있었지만 안정된 삶에 목말라 있는 건 마찬가지였다. 미래에 대한 불확실함, 남들만큼 평범하게 살아야 한다는 강박이 마음 저변에 깔려 있었다.

"우리가 벌써 이십 대 후반이야?" 나이를 의식하며 살지 않다가 연말이나 연초에 모여 이야기하다 보면 놀라곤 했다. 꿈 많던 여고생 때와 달라진 것이라곤 짙은 화장과 길어진 아이라인뿐인데, 세월은 유장히 흘렀다. 친구들과 나는 체감하는 세월의 흐름과 실제 시간의 간극이 크다는 점을 깨닫고 숙연해졌다. 여고생 시절엔 미래에 대한 막연한 자신감이 있었다. 지금은 미운 오리 새끼처럼 보잘것없어도, 어른이 되면 근사한 새 삶이 펼쳐질 줄 알았다. 그러니 아직 날개를 펴지 못해도 상관없었다. 행복한 동화 속 결말이 내 미래에도 당연히 적용될 것이라 믿었으니까.

지금 와서 생각해보면 미래에 대한 나의 믿음은 물정을 몰랐던 때의 순진한 상상이었다. 어렸을 때, 나에게 어른의 이미지는 이러했다. 신축 빌라에서 야경을 보며 와인을 마시고, 번듯한 직장과 수려한 외모를 갖춘 남자친구와 연애하며 마음이 답답할 땐 제일 빠른 출국 티켓을 끊어 과감하게 떠날 수 있는 경제적 부와 자유는 갖출 수 있을 거라 낙관했다. 내면을 연마한 덕에 외부적 요인에 일희일비하지 않고, 맡은 일에는 프로의식을 갖춘 자존감 높은 커리어우먼의 모습을 그려왔다.

이 모든 로망을 한마디로 정의 내린다면 '안정감'일 것이다. 친구들과 내가 바라던 이십 대 후반의 어른의 모습을 함축한 이 단어는 정서적, 경제적인 것을 포괄한 안정을 의미한다. 어른이라면 으레 주어지는 옵션처럼 생각했는데, 부닥친 현실은 상상과 달랐다. 녹록하지 않은 회사 생활, 자다가 이불을 차올릴 '흑역사'를 잊을 만하면 갱신하는 연애사, 좀처럼 늘지 않는 통장 잔고. 안정감 있는 삶이란 나이가 들고, 시간이 흐른다고 당연히 주어지는 게 아녔다.

그럼에도 우린 좌절하는 대신 새로운 내일을 꿈꾼다. 비일상적인 판타지가 아닌 당장 실현할 수 있는 계획을 세우고 힘들 땐 불안한 마음의 중심축을 잡아주는 이에게 위로받는다.

"다들 얼른 안정을 찾고 올해는 더 행복하면 좋겠다." 친구 B가 의욕적으로 말했다. 친구들이 고개를 끄덕였다. 모두 빨리 안정감 있게 자신의 삶을 꾸릴 수 있기를 바랐다. 삶의 불안과 실수에 흔들리는 서투름은 지나갈 과거였으면 좋겠다고 말했지만, 난 알고 있다. 잔잔해 보이는 수면도 바람이 불면 출렁이며 흔들린다는 것을. 살아 있는 것들은 모두 흔들린다. 일정한 상태를 줄곧 유지하는 완벽한 안정감의 상태는 없다.

흔들려도 괜찮다. 상승곡선과 하향곡선이 물결처럼 커졌다가도 작아지고, 작아졌다가도 다시 커질 수 있다. 그 흔들림 속에서 마음의 고요를 유지하는 태도가 삶의 안정감을 가져다주는 진짜 묘약일지도. 우린 자신의 기준을 세우고 더 나은 이십 대를 만들기로 약속했다. 이전보다 더 괜찮은 어른이 되자고, 불안정함을 확인하는 동시에 꽤 괜찮은 이십 대 후반을 마무리할 시간이 아직 충분하다고, 우린 아직 늦지 않았다고.

우리는 각자 지금보다 더 나은 미래를 꿈꾸며
서로를 다독였다.

욕망을 비춰보는 거울

~~~~~~~~~

H에게 전화를 했다. 그녀의 음성 대신 휴대전화를 정지했다는 ARS 안내가 들렸다. 무슨 일이 생긴 건 아닐까 싶어 염려되었지만 연락할 방도가 없어 메시지를 남겼다. 시일이 흐른 뒤 H로부터 답신이 왔다.

"마음이 복잡해서. SNS나 메신저 프로필 보면 다들 잘 사는 것 같고 불행은 나 혼자 떠안은 느낌이 들어. 남들 잘사는 모습 보면 내가 더 초라해져서 아무것도 보지 않는 편이 정신 건강엔 낫더라고."

그녀가 휴대전화를 정지하고, SNS를 탈퇴한 연유를 공감할 수 있었다. 추천 친구 목록엔 번호 교환만 하고 연락하지 않는 사람들의 계정이 나열되어 있었는데, 지인의 범주에 넣기도 모호한 이들의 근황은 SNS를 통해 손쉽게 확인 가능했다. 궁금해서 클릭하면 끊겼던 인연을 고구마 줄기처럼 뻗어가며 손쉽게 찾을 수 있었다. 대외 활동 때 만난 친구, 잠깐 가르쳤던 학생, 연락이 뜸한 동창 등 클릭 한 번으로 이들의 일상을 염탐할 수 있다 보니 습관적으로 들어가서 보곤 했다. 정사각형 프레임 안에는 예쁘고 근사한 모습이 가득했다. 누군가는 자기 사업을 시작했고, 어떤 이는 번듯한 전문직 여성으로 살고 있었다.

내가 자주 방문하는 온라인 계정은 프리랜서로 기반을 닦거나 작가로 활발한 창작을 펼치는 이들이 많다. 수많은 '좋아요'와 댓글로 본인이 만든 콘텐츠에 대한 즉각적인 반응을 끌어내는 사람들의 SNS를 보며 열패감과 부러움을 느꼈다.

　타인의 SNS는 나의 욕망을 투영하는 통로이자 남들이 이룬 결과물을 찬탄의 시선으로 보는 미화된 거울이었다. 다른 이들의 화려한 삶을 집착하듯 구경하며 정작 나는 아무것도 하지 않고, 무력하게 멈춰 있었다. 무기력한 정지의 상태로 SNS를 보는 나의 모습은 『해리포터와 마법사의 돌』에서 '소망의 거울' 앞을 서성이던 해리를 떠올리게 한다. 소망의 거울은 사람들의 욕망을 비춰주는 신비한 거울이다. 그 거울에서 돌아가신 부모님의 얼굴을 본 해리는 매일 그 거울을 찾는다. 덤블도어는 여느 때처럼 거울을 들여다보고 있는 해리에게 다가가서 말했다.

"해리, 이 거울은 우리에게 지식도, 진실도 주지 않아. 그 앞에서 시간만 낭비하다 미쳐간 사람도 많단다. 더 이상 이 거울을 찾지 마라."

덤블도어는 거울이 갖고 있는 맹점을 지적했다. 이루고 싶은 것을 보여주지만 결코 그것을 이루어주지 않는 거울. 내게 소망의 거울은 SNS에서 보는 타인의 삶이었다. 그 프레임 속엔 내가 꿈꾸는 것들이 가득했다. 여러 사람들에게 자신의 작품을 선보이며 소통하는 사람, 예쁘고 근사한 곳에서 시간을 보내는 인플루언서 등 여러 사람의 주목을 받는 이들을 들여다보다 고개를 들어 내가 머물고 있는 방 안을 둘러보았다. 먼지가 내려앉는 소리마저 들릴 듯 적막한 공간에 동그마니 나 혼자 있었다. 매일이 똑같은 나의 일상에는 '좋아요'를 받을 만한 멋진 사건이 전혀 없었다. 그런 탓에 SNS에서 남들의 일상을 구경하면, 하루를 허비했다는 허탈감과 턱없이 부족한 내 현실만 확인하곤 했다. H가 SNS를 끊고 거리 두기를 했던 것도 이런 감정에서 비롯된 것이리라.

이 공허한 감정을 메우는 방법이 무엇일지 고심하던 내

게 덤블도어의 한마디는 무력감을 벗어날 수 있는 작은 빛이 되어주었다.

"세상에서 가장 행복한 사람은 소망의 거울을 보통 거울처럼 사용할 수 있단다."

소망의 거울에서 과거나 허황된 미래가 아닌 현재의 나를 비춰볼 수 있는 사람이야말로 자기 삶에 충실하게 몰입하며 사는 것이다.

쓰고 싶은 글을 쓰고, 읽고 싶은 책을 읽고, 거리를 산책하며 집중할 수 있는 다른 것들을 찾는다. 사소한 것들부터 정리하다 보면 번잡한 감정은 평온한 수면처럼 차분해진다. 이 고요에 집중하면 비로소 주어진 것에서 최대치의 만족감을 얻는 방법을 모색할 수 있다. 무기력한 감정을 회복할 계획을 세우고, 이루고 싶은 꿈을 발전시킬 목표를 잡는다. 한 걸음, 한 걸음씩 난 내 방식대로 잘 해내고 있다. 내 모습을 비춰보던 거울을 손으로 닦았다. 거울에 비친 나는 화장기 없는 맨얼굴에 머리를 동여매고 있다. 그 모습은 윤동주의 시 〈참회록〉에 등장하는 화자를 닮았다. 밤마다 손바닥과 발바닥으로 거울을 닦아내던 시인처럼 나도 내 모습을 비추는 거울을 닦아나가려 한다. 이 노력은 나의 본모습을 선명하고 명확하게 비춰보기 위함이다.

내가 꿈꾸는 미래의 내 모습.

인생에도 스포일러가 있었으면 좋겠어

~~~~~~~~~~

스물네 살 대학 졸업 후에 나는 콘텐츠 에디터로 커리어를 쌓고 싶었다. 상업적으로 콘셉트와 주제가 정해진 글을 쓰면, 개인적인 글쓰기 실력에도 도움이 될 것이라는 기대가 있었다. 그러나 내가 입사를 원하는 콘텐츠 회사는 경쟁률이 높아 합격을 장담할 수 없었다. 불안감을 상쇄시키고 싶은 마음에 사주를 보러 갔다.

상담가는 연월일시에 따라 음양오행을 분석해주었다. 그날 내가 요청한 사안은 회사의 합격 여부였다. 그 순간만큼은 내 운명이 상담가의 한마디로 결정될 것 같았다. 상담의 결과가 합격을 좌우하는 기준이 되는 게 아니라는 사실을 알면서도 내심 기대하며 신중하게 카드를 선택했다. 결론만 말하면, 그때 상담가의 말은 반은 맞고 반은 틀렸다. 원했던 회사에 합격할 것이라는 말과 달리 불합격의 고배를 마셨지만 출판 쪽이 맞는다는 조언대로 출판사 편집자로 일할 기회를 얻었다. 또한 글을 쓰는 게 적성에 맞는다는 말대로 난 지금 글을 쓰고 있다.

사주나 타로를 맹신하는 건 아니지만 나는 저마다의 인생에 어떠한 흐름이 있다고 믿는다. 바뀌지 않는 필연적 운명이 고정되어 있진 않더라도, 한 개인의 인생사에는 순리가 있으므로 계획하지 않았어도 될 일은 되고 일어날 일은 반드시 일어난다고 생각한다. 그게 사주에서 말하는 '대운'이 아닐까 싶다.

타로나 사주 상담을 보러 다녔을 땐 미래에 대한 불안으로 마음이 위태로웠다. 그 위태로움의 원인은 미래를 알지 못하는 불안에서 비롯됐다. 내가 지금 가는 길이 맞는지, 계속 해나가면 원하는 꿈을 이룰 수 있을지 단 한 치 앞도 내다볼 수 없어 막막했다. 내가 가는 길에 확신이 없을 땐 주저앉고만 싶었다. 결말을 미리 알고, 김샌 느낌으로 영화를 보듯 앞으로 벌어질 예기치 못한 상황을 미리 알면 얼마나 좋을까. 모르고 당하면 우왕좌왕하다 넘어지겠지만 문제를 예측

하면 예방하거나 지혜롭게 대처할 수 있을 텐데.

난 영화나 드라마를 볼 때도 스포일러를 찾아봐야 안심이 됐다. 예측 불허, 반전에 반전을 거듭하는 〈식스센스〉급전개는 달갑지 않았다. 예기치 못한 위기에 놓인 주인공을보면 짜릿함보다는 긴장과 피로감을 느꼈다. 캐릭터에 이입하며 하지 않아도 될 감정 소모를 하고 싶지 않았다. 내 인생의 문제로도 복잡다단한데, 가상의 캐릭터가 겪는 갈등의 서사시를 들여다보며 재미있게 즐길 만한 여유는 없었다.

만약 내가 원하는 대로 전개되는 드라마가 있다면, 애국가 시청률보다 저조한 반응을 얻을 것이다. '두 사람은 행복하게 살았습니다'라는 끝맺음을 확인하고 작품을 보아야 위기가 절정으로 치달을 때도 마음을 느긋하게 먹을 수 있었다. 이런 성향은 영화나 드라마의 취향뿐 아니라 삶의 태도에도 반영된다. 예견하지 못한 상황에 능숙하게 대처하지 못하고 흔들리는 내가 싫었다. 신중함을 핑계로 오래 고민하는건 잘못된 선택에 대한 두려움 때문이었다. 상황에 휘둘리지않고, 평정심을 유지할 정도의 일상을 유지하고 싶었다. 그러나 인생엔 스포일러나 답안지가 없으니 판단할 기준이 없었다. 컴퓨터를 재부팅하듯 선택을 되돌릴 기회가 몇 번이고주어진다면 이런 고민을 하지 않아도 되지만, 현실에서는 했던 일을 뒤엎거나 없던 일로 만드는 건 불가능했다.

어렸을 땐 선생님이나 부모님이 미래를 위해 많은 조언을 해주었다. 당시엔 여러 조언을 고루한 잔소리로 여겼지만, 나와 비슷한 시기를 거쳐간 인생 선배의 말이니 틀린 답은 아닐 것이라 여겨 막연히 신뢰하고 고분고분하게 따랐다. 그 길을 따랐을 때 성공할 수 있다는 막연한 확신도 있었고. 그러나 지금 내 곁엔 해답을 제시해줄 이가 없다. 선택에 대한 자유가 주어진 만큼 결과에 따른 책임도 짊어져야 한다. '답정너'라고 비웃을지 모르지만 '맞지? 이게 맞는 거지? 내가 잘하고 있는 거지?'라고 끊임없이 확인받고 싶었다.

신년이나 연말이 아니어도 불안이 찾아올 때 으레 사주나 타로를 보곤 했는데 언젠가 한번은 어떤 사안에 대해 상담을 받은 적이 있다. 기대했던 쪽으로 상담이 이어지지 않자 나는 결과를 불신했다. 그것으로도 성에 안 찼던지 내가 원하는 답이 나올 때까지 몇 번이나 타로 가게를 찾아갔다. 세 번째로 찾아가자 상담가가 '엣다, 듣고 싶은 말을 해주마'라는 투로 내가 원하는 결과를 말해주었다. 그 시기를 되돌아보면 당시 나는 자문을 구하기 위해 상담을 받은 게 아니었다. 내 선택에 대한 불안을 잠재우기 위해 타인의 입을 빌려 확신을 얻고자 했다.

취업과 프리랜서 사이에서 고민하던 시기에는 내 재능과 적성을 주제로 상담을 받곤 했다. 나는 상담가에게 작가라는 재능에 대한 불확실함과 직장을 가야 하는 현실적인 상황을 솔직하게 털어놓았다. 그에게 대단한 조언을 바랐다기보다는 누구에게든 하소연을 하고 싶은 마음이 컸다.

"선생님, 재능이라는 게 뭔가요? 전 재능이 없는 것 같아요." 내 질문에 상담가가 말했다.

"재능이란 본인에 대한 믿음이 있는 걸 뜻하죠. 자신의 재능에 대한 믿음. 내가 편의점 아르바이트를 해서라도 글을 쓰겠다는 정신을 말해요."

내 불안을 잠식시켜주는 중요한 말이었다. 타인의 반응에서 선택의 옳고 그름 여부를 판단하는 데 익숙해진 나였다. 무언가 잘못됐다는 것을 직감했다. 타인의 판결이 옳다는 무언의 믿음, 그것이 내 불안함의 원흉이 아니었을까. 나 자신이 목표한 바를 이뤄낼 수 있는 힘을 가졌다는 믿음이 있었다면 내 상황을 알지 못하는 이에게 와서 이렇게 미래를 점치지 않았을 것이다. 곰곰이 생각에 잠겨 있는 나를 보며 상담가가 이어서 말했다.

"흙이 네 개나 있는 사주예요. 흙은 무언가를 뿌리고 심은 뒤에 수확물을 얻을 수 있어요. 기다리세요. 땅에 심은 씨

앗이 발아하기 위해서는 시간이 필요해요. 이 사주는 빠른 결과물을 얻을 수 없지만, 품는 힘이 있기에 늦더라도 결과물을 일궈낼 수 있어요."

상담가의 이 말이 의외로 큰 위로가 되었다. 내 안에는 당장 무언가를 이뤄야 한다는 조급함, 안될 거라는 초조함이 문제였다. 마음의 여유를 갖고, 자신을 기다려주는 게 필요하다는 사실을 알게 됐다. 이제는 막막해지거나 조급함이 밀려올 땐 나를 멀리서 바라보려 한다. 내가 지금 자신에 대한 믿음이 약해졌구나. 너무 빠른 결과물을 얻고 싶어 하는구나. 감정을 인지하는 것만으로도 마음의 호흡을 가다듬을 수 있다. 타인을 통해 확인받은 믿음은 온건하지 못하다는 것을 알고 난 후부터 미래를 점치기 위해 용하다는 상담가를 찾는 발걸음은 차츰 뜸해졌다.

믿음을 구걸하기보다 자기 확신을 가지려 한다. 내 안의 땅엔 움트지 않은 씨앗이 있다는 믿음, 뭘 해도 난 될 거라는 확신, 독하게 밀고 나가는 실천력. 이것들이 층층이 쌓이면 지금의 시간이 힘들게 여겨지지 않을 것이다. 불행과 초조함에 치여 스스로를 탓하기엔 나 자신이 가엾고 애틋하므로.

마음이 불안할 때 타로카드, 사주 등을 보며
미래를 점치곤 했다.

재능에 대해 고민하던 시기,
상담가가 해준 말은 나 자신을 믿는 데 힘이 되었다.

지금 아니면 나중은 없다

~~~~~~~~~~~~~~~~~

크게 마음 먹지 않아도 되는데, 이상하게 좀처럼 시도하기 어려운 일들이 있다. 나에겐 두 가지가 그렇다. 적립 혜택을 받기 위한 포인트 카드 등록과 치과 검진. 과정이 복잡하거나 어려운 게 아니므로 해야겠다고 생각하면서도 행동으로 옮길 엄두를 내기까지 시간이 걸린다.

자주 가는 드럭스토어나 카페가 동일한 회사라 그 계열사 포인트는 가까스로 등록해서 사용한다. 반면 다른 계열의 상점은 그다지 자주 가지 않아 포인트 관리에 소홀하다. 점원이 "적립하시겠어요?"라고 물으면 그제야 아차 싶다. 번호 조회를 해봤자 등록이 안 된 번호는 적립이 불가능하다. 미등록 카드라도 지갑에 있으면 다행이지만, 그조차도 없는 경우가 부지기수. 고작 몇 포인트더라도 미련이 남아 갈 때마다 카드 발급을 한다. 그러다 보니 서랍이나 지갑 곳곳에서 미등록된 카드를 심심치 않게 발견한다. 서랍을 열고 닫을 때마다 쌓여 있는 카드를 보면 뜨끔하다.

　　포인트 적립 때문에 웹사이트에 가입해야 하는 수고가 번잡하다고 생각할 만큼 나라는 인간은 우선순위에 없는 일에 대해선 지독하리만치 태만하다. 포인트 적립이야 안 하면 그만이라고 넘길 수 있지만, 치과 검진은 건성으로 넘길 수가 없다. 뭉그적대며 차일피일 미루다 연말이나 연초에 마지 못해 치과로 걸음을 옮긴다.

　　치아 교정을 했을 때도 치과에 가는 게 싫었다. 잇몸에 꽂혀 있는 브래킷 사이를 팽팽하게 잇고 있는 고무줄, 치아가 이동하면서 느껴지는 미세한 진동은 떠올리기만 해도 소름이 돋았다. 단단하거나 질긴 음식을 씹을 때 치아의 밑동까지 통증이 일어 혼이 난 기억이 치과에 대한 인상의 전부였다. 시큰거리거나 욱신거리거나 얼얼하거나. 치과라는 단어만 들어도 설명할 수 없는 기분 나쁜 통증이 떠오르니 방문을 꺼리는 건 당연했다.

　　이번에도 미루고 미루다 검진을 갔고, 모르는 사이 도사리고 있던 충치가 세 군데나 발견됐다. 몇 년 전 아말감으로 때운 치아의 깨진 틈이 썩은 것이다. 치료 시기를 놓치면 통증은 커지고 비용도 배가된다는 것을 알고 있으니 곧바로 치료를 시작했다. 생각지도 못한 지출을 하고 난 뒤 치과를 나서는데 가슴이 쓰렸다. 마른하늘에 날벼락을 맞은 것처럼, 큰돈을 쓰고 난 뒤 허탈감이 밀려왔다. 3개월에 한 번씩은 정기 검진을 받으며 관리할 것을…… 후회가 막급했다.

집으로 가는 길에 시큰거리는 치아를 맞부딪치며 갑자기 떠오른 생각 하나. 아, 작품 소개서! 걸음을 멈추고 생각을 가다듬었다. 다음 주 월요일 주간 회의 때 공유해야 할 회의 자료의 후반부 내용 정리가 되지 않았다. 금요일에 피곤하다는 이유로 업무를 주말에 마무리하겠답시고 칼같이 퇴근했다. 그런데 정작 수정해야 할 자료를 사무실에서 가져오지 않았다. 근무 시간에 마무리했더라면 30분이면 끝날 일이었는데, 자료가 없어 어쩔 수 없이 주말에 회사로 향했다. 미리 업무를 처리해두었더라면 이런 수고는 겪지 않아도 되었을 텐데 미뤘다가 일이 더 귀찮아져 버렸다.

마무리해야 할 서류를 들고 집으로 돌아오면서 생각했다. 귀찮다고 미루지 말고 포인트 카드를 미리 등록했더라면, 3개월에 한 번씩 치과 검진을 받았다면, 그리고 지난주

금요일에 해야 할 업무를 깔끔하게 마무리하고 퇴근했다면 지금보다 나은 상황에 놓였을 것이다. 나중으로 미루는 나의 습관적 '귀차니즘'을 고찰하며 지금 하지 않으면 나중에도 하지 않는다는 것을 깨달았다. 해야 할 일은 꼭 필요한 순간을 위해 미리 해두는 게 좋다. 약간의 수고와 바지런을 부리면, 곤란을 겪거나 후회할 일을 줄일 수 있다.

미등록된 포인트 카드처럼, 미루고 미룬 치과 검진처럼 해야 하는 것을 알면서도 차일피일 미루거나 회피하게 되는 일들이 우리 인생에도 많지 않던가. 지금 하지 않으면 나중도 없다. 귀찮다고, 또는 두렵다고 미루면 문제는 눈두덩이 불어나듯 비대하게 커진다. 무엇이든 해야 할 일은 미루지 말고 해야 한다는 당연하고도 진부한 교훈을 체감한 날이었다. 특히나 치과 치료와 회사 업무는 더더욱.

일상에서 겪는 사소한 후회의 순간들.
치과 검진을 미루다 충치가 생겼을 때,

미뤘던 일을 해야 하는데
서류를 회사에 두고 왔을 때….

회사에 두고 온 서류를 가지러 가며
다짐했다.

'그냥'이 뭐 어때서

어렸을 때 난 '그냥'이라는 말을 달고 다녔다. 왜 그 장난감이 좋아? 그냥. 왜 유치원에 가기 싫어? 그냥. 대답을 기다리는 어른들을 올려다보던 내 모습이 아른거린다. 위축된 어깨와 불안한 눈동자, 기죽은 얼굴로 고민하고 있다. 모른다고 대답하면 어리숙해 보일 테지만, 감탄할 만한 멋진 답을 생각해낼 만큼 순발력이 빠르지 않았다. 알사탕을 입에 넣고 굴리듯 말을 우물거렸다. 어떻게 대꾸할지 고민하다 '그냥'이라는 한마디를 겨우 뱉어냈다.

대답을 들은 어른들의 입에서는 김빠진 한숨이 흘러나왔다. 한숨의 의미를 해석하자면, '그다지 영특한 타입은 아니군.' 정도였으리라 짐작된다. 얼굴이 화끈거렸다. 하려는 말은 시작도 못 하고 모호하게 끝내버렸다. 좀 더 그럴듯한 대답을 해서 칭찬을 듣고 싶었지만 '그냥'이라는 말만 자동 저장된 멘트처럼 튀어나왔다. '그냥'이라고 대답했던 건 공포심 때문이었다. 내가 이름 붙인 이 공포증의 이름은 '왜? 공포증'이다. 증상은 이러하다.

'왜'라는 글자의 'ㅇ'은 무섭게 노려보는 호랑이 선생님의 눈동자 같다. 상대가 원하는 답을 말해야만 사랑받을 수 있다고 믿다 보니 자유로운 의사 표현이 어렵다. 질문의 의도가 무엇인지, 상대가 어떤 답을 원하는지 머리를 공처럼 열심히 굴린다. 누가 들어도 만족할 만한 답을 해야 한다는 강박으로 머릿속은 새하얗게 변하고 입술은 조개처럼 닫힌다.

나를 표현할 방도를 알지 못하여 학창 시절엔 '내성적이고 조용한 아이'로 불렸다. 지금도 의견 표현에 능숙하다고 자부할 순 없지만, 내 이야기를 하려 노력한다. 그냥이라는 말 뒤에 다른 말을 덧붙여 적극적인 소통의 주체가 되고 싶었다. 의견을 터놓는 것도 익숙해지기 위해서는 연습 과정이 필요함을 절감한 뒤 일부러 타인에게 무언가를 자주 물어봤다. 그 후 질문에 부딪히는 것을 덜 주저하게 되었다. 남들 앞에 나설 기회를 자주 가진 것이 동력이 되면서부터 '왜? 공포증'은 어느 정도 극복했다.

'그냥'이라는 말을 곱씹을 땐 그 안에 담긴 뜻을 헤아려 보게 된다. '그냥'이란 말은 나에게 무의미한 부사나 영혼 없는 대답이 아니다. 질문을 떠안은 내 안의 고민들이 하나의 덩어리로 뭉쳐진 말이다. 과거엔 자신감 없는 투로 "그냥"이라 중얼거리는 자신을 부끄러워하기 바빴다. 위축되고 불안한 내 모습을 떠올리면 둥글고 작은 그 어깨를 토닥여주고 싶은 마음이 굴뚝같다. 그렇게 주눅 들 필요 없었는데, 조금 더 자신감을 가졌으면 좋았을 텐데. 만약 어른이 된 '내'가 조리 있게 발표하는 반장을 부러운 시선으로 보던 어린 '나'와 조우한다면, 이렇게 말해주고 싶다. "남들이 정답이라고 생각하는 말이 아니라 네 이야기를 들려줘."

설령 그 말에도 긴장을 풀지 못한 '내'가 수줍게 "그냥"이라고 답한다면, 그건 그것대로 멋진 답이라고 말해주며 미소 지을 것이다. 이제는 '그냥'이라는 말에 담긴 무수한 의미를 잘 알고 있으니까. 나는 부족하거나 못났기 때문에 서툰 대답을 했던 게 아니다. 생각의 회로가 복잡하고, 신중한 타입이라 의견을 정리하는 데 시간이 좀 더 소요됐을 뿐이다.

타인의 기대를 충족시킬 말을 하기 위해 힘쓰지 않기로 결심한 후 마음이 편해졌다. 있어 보이는 말, 어렵고 멋진 말을 하려 애쓰면 품이 맞지 않는 옷을 입었을 때처럼 불편하다. 내가 뱉은 말인데도 낯선 이방인의 언어처럼 느껴지기도 한다. 멋진 말이 아니라 나니까 할 수 있는 말을 하기로 마음먹으니 입을 여는 게 훨씬 수월해졌다. 이제는 누군가 "그 책이 왜 좋아?", "그 영화가 왜 좋아?"라고 물으면 "그냥 내 취향과 잘 맞으니까"라고 답한다. '그냥'이라는 대답을 부끄러워하거나 변변치 않다고 치부하지 않는다. 무언가에 대한 견해에 꼭 모든 이들을 납득시킬 만한 이유나 그럴듯한 의미가 있을 필요는 없다.

언젠가 버킷리스트를 쓰려다 즉흥적으로 아무거나 쓰고 싶었던 적이 있었다. 연필과 빈 종이를 무작정 꺼내 들었다. 빈 종이에 좋아하는 영화, 음악, 취미 등을 가리지 않고 생각나는 대로 적었다. 고민 없이 빼곡하게 채울 수 있을 거라는 확신이 무색하게 반도 채우기 힘들었다. 이후 여백을 채울 수 있는 소중한 것들을 찾을 때마다 종이에 한 줄씩 채워 넣었다. 여백이 줄어들면서 내가 어떤 사람인지 무엇을 좋아하는지 취향의 지도를 그려나갈 수 있었다.

취향은 경험의 폭과 비례한다. 이전의 경험과 새로운 경험의 충돌 후 더 좋은 것을 택일한다. 땅따먹기 하듯 선택을 거듭하다 보면 그 결과는 나를 설명하는 지도가 된다. 그 지도를 만드는 가장 빠른 방법은 목적 없이 그냥 좋아할 수 있는 것들을 늘려가는 것이다. 선택의 족적이 쌓이고, 취향의 갈래가 드러나다 보면 나만의 고유한 색깔도 찾을 수 있다.

누가 좋다고 해서 따라 하기보다 이유 없이 좋아할 수 있는 것들을 많이 만들고 싶다. 어떤 대상을 사랑하는 데 꼭 그럴듯한 이유가 있을 필요가 없으며 이유 없이 좋은 것들로 나의 일상을 촘촘하게 채우면 그것으로 족하다.

어렸을 때 나는 어른들의 질문에
무조건 답해야 한다고 생각했다.

하지만 내가 하는 말이
어른들의 기대를 만족시키지 못할까 봐 두려웠다.

이유 같은 건 없어요!
그냥 좋았어요!

당당!

과거에 눈치 보며 답을 찾기 바빴던
나 자신에게 말해주고 싶다.
그냥 네 생각을 솔직히 말해도 좋다고,
정답이 꼭 있는 건 아니라고.

노잼 시기 극복법

~~~~~~~~~~~

살다 보면 간혹 노잼 시기가 찾아온다. 이 시기엔 무엇을 해도 재미나 의욕을 느낄 수 없다. 몸살에 걸리거나 컨디션이 나쁜 것도 아닌데 습기에 전 이불처럼 무겁게 처진 몸과 마음은 기력도 없이 메말라간다. 반복되는 일상은 무료하고, 지루함은 끝을 모르고 이어지는 지평선처럼 정처 없다. 매일 아침 사무실 책상에 앉아 출근 도장을 찍는 것만이 중요한 일과가 되었다. 그나마 위안이라면, 비슷한 노잼 시기를 견디고 있는 동료가 곁에 있다는 것이었다. 퇴근 후 특별한 약속이나 일정이 있는 게 아닌데도 우린 애잔할 정도로 출근 직후부터 퇴근을 바라며 오전 시간을 근근이 버텨낸다.

"아, 요즘 사는 게 재미가 없어요."

동료가 허탈한 한숨을 내뱉는다. 공감하며 고개를 끄덕였다. '노잼'이란 슬프거나 우울한 것과는 다른 색깔을 띤 감정이다. 슬픔은 색색의 물감이 섞였을 때의 색과 닮았다. 채도가 낮고 무거운 고동색으로 까만색보다 탁하고 음울하다. 반면 기쁨은 청량한 가을 하늘과 닮았다. 짙고 푸른 그 빛깔은 바다를 옮겨놓은 듯 깊고 청청하여 보는 것만으로도 막혔던 숨이 탁 트이는 기분이 든다. 노잼의 빛깔을 떠올려보자면 어떤 색인지 분간하기조차 어렵다. 굳이 빗대어본다면 차가운 회색빛의 자우룩한 안개 같다. 노잼의 안개가 스멀스멀 드리워질 때는 짙은 한숨을 내뱉는 게 전부다.

사는 게 힘들다는 것도 아니고, 재미가 없다는 게 왜 고민이냐며 반문하는 사람이 있을지도 모르지만 '노잼병'의 증상은 단순하지 않다. 노잼 시기가 계속되면 어떤 것에도 흥미와 재미를 못 느끼는 무감각한 회색 인간이 될 수 있다. 아래 다섯 개의 항목 중 세 개 이상 해당된다면, 노잼 시기를 의심해볼 수 있다.

　- 집에서 딱히 할 게 없는데도 집에 가고 싶다
　- 집에서 아무것도 하고 싶지 않다.

– 뭘 하지 않아도 계속 피곤하고 매사가 다 귀찮다.

– 어떤 일에도 무감각하고 관심이 없다.

– 이 상황을 타개하려면 움직여야 한다고 생각하지만 생각
만 할 뿐 실천할 기력이 없다.

이 시기엔 파고 또 파도 끝이 없는 굴속으로 들어가 몸
을 숨기고 싶다. 겨울잠 자는 곰처럼 꼼짝도 하지 않다가 노
잼 증후군이 옅어질 때쯤 깨어나면 좋겠다. 메마른 감정이 쌓
이다 보면, 마음에 염증을 일으키고 만성적인 무기력에 돌입
한다. 무기력이라는 구멍에 한번 빠지면 벗어나기 어렵다. 의
욕적으로 움직이거나 무언가 해야 한다는 생각은 있지만 모
노레일 위에서 포장되기를 기다리는 완제품처럼 가만히 있
었다. 이럴 땐 아이돌 오빠에 대한 열정을 불태우는 친구들이
부럽다. 난 언제 저렇게 의욕적으로 무언가를 사랑했나 떠올
려보면 바랜 사진을 보듯 기억이 가물가물하다.

네덜란드의 역사학자이자 문화학자인 요한 하위징아는
『호모 루덴스』에서 일과 놀이를 구별해 설명했다. 어떤 일을
하는 목적과 수단이 불일치하면 그것은 노동이고, 수단과 목
적이 일치하면 놀이라고 했다. 그는 인간의 본성이 노동이
아닌 놀이에 있으나 자본주의 사회에 적응한 사람들은 아이

때 지녔던 놀이의 감각을 잃어버렸다는 점을 지적했다. 회사에 가는 목적은 월급을 받기 위해서고, 영어 공부를 하는 목적은 스펙을 쌓기 위해서다. 단순히 그 행위 자체가 목적이 되는 경우는 드물다. 어렸을 때는 모래사장에서 금방 스러질 모래를 쌓고 또 쌓아 성을 만들었다. 무너질 것을 알면서도 무용한 행위를 반복한 이유는 오직 하나, 즐거웠으니까. 손끝에 만져지는 까끌한 모래의 느낌, 뭉쳐지는 흙의 감촉이 좋아 밥 먹는 것도 잊고 조몰락거렸다. 그땐 매일이 재미있고 즐거웠다. 생각해보면 무언가에 푹 빠져서 좋아하는 감각이 둔해졌기 때문에 노잼 시기를 겪는 게 아닐까. 어린 시절 놀이의 감각을 다시 갈고 닦아야 한다. 인간의 존재 이유는 향유와 즐거움에 있으므로.

'노잼' 인생 '유잼' 만들기 프로젝트 같은 느낌으로 무기력을 없애려고만 하는 것도 그리 바람직하지 않다. 인생도 계절처럼 순환 구조라 재미있는 시기가 있으면 재미없는 시기도 있는 법이다. 굳이 노잼을 벗어나기 위한 목적으로 무언가를 시도하기보다 가벼운 마음으로 뭐든 하려 한다. 여러 시도를 통해 내 안에 잠들어 있는 어린 시절의 개구쟁이를 끌어낼 수 있다면 좋겠다. 재미있고 흥미로운 몰입의 대상은 분명 어딘가에 숨어 있을 테니.

뭐든 가볍게 시도해보기.
노잼 시기를 벗어나는 나만의 비법.

그 시절의 나를 찾고 있어

~~~~~~~~

언니의 전 남자 친구는 사진 찍는 걸 좋아했다. 손에서 카메라를 놓지 않던 그에게 제일 좋은 피사체는 가까운 연인이었고, 그는 언니의 다양한 표정을 포착해 카메라에 담았다.

　헤어진 뒤에도 언니는 메모리 카드를 전달받지 못한 것을 아쉬워했다. 그 시절 언니의 얼굴은 무척이나 밝고 환했다. 반사판을 댄 것처럼 생기 넘치는 표정에서 행복이 느껴졌으니, 그 아름다움이 고스란히 남아 있는 사진 속 자신의 모습에 미련이 남을 만도 했다.

　고민하던 언니는 결국 전 남자 친구에게 연락을 취했다. 그러나 메모리 카드가 고장 나 사진을 복원할 수 없게 됐다는 애석한 말을 들었다. 사진을 돌려받지 못했지만, 헤어진 뒤 흘러간 시간만큼 어색해진 둘 사이에 근황 이야기가 오갔다. 그 대화 중에 나도 포함되었다고 했다. "너에 대해 묻더라. 우리 둘이 같이 찍은 사진 보여줬는데, 네 분위기가 많이 달라졌다고 하던데."

언니의 남자 친구는 나도 잘 아는 사람이었다. 셋이 함께 놀러다닐 정도로 꽤 친하기까지 했다. 그는 언니와 내가 나란히 찍은 사진을 보고, 내 분위기가 많이 달라졌다고 했다. 그가 기억하는 난 스물두 살에 멈춰 있으니 지금의 내가 낯설게 느껴질 법도 했다. 시간이 많이 흘러 그럴 만하다고 대답하자 언니는 고개를 저었다. "그보다 네 특유의 해맑음이 사라진 것 같다고 하더라. 그 친구가 벚꽃 나무 아래서 찍어준 네 사진 속 모습 기억하지? 그때의 너와 많이 달라 보인대." 언니 남자 친구가 유독 햇살이 따사롭던 봄날, 벚꽃 나무 아래서 꽃잎을 만지는 내 옆얼굴을 찍어준 적이 있었다. 흐드러지게 핀 벚꽃과 소박하게 미소 짓는 표정에서 편안함이 묻어나 나도 좋아하는 사진이었다. 카메라를 의식하며 웃는 최근 내 사진에서 과거의 해맑음이 사라졌다는 말을 전해 듣자 머리가 멍했다. 촌스러운 원피스에 어설픈 화장으로 유행을 흉내 냈던 때에 비하면 지금의 난 세련미를 갖췄다고 생각했다. 물론 그가 말하는 해맑은 순수의 부재가 무얼 뜻하는지 짐작할 수 있었다.

사진을 찍는 이는 피사체가 제일 자연스러운 순간을 포착한다. 뷰파인더로 대상을 보고 결정적일 때 셔터를 누르는 사람은 내가 보지 못하는 나라는 사람을 객관적으로 볼 수 있는 예리한 시선을 지녔을 것이다. 그런 의미에서 언니의 전 남자 친구가 과거와 현재의 사진 속, 나의 달라진 지점을 지적한 건 정곡을 정확하게 꿰뚫어본 것이었다.

〈월터의 상상은 현실이 된다〉라는 영화에서 유명한 사진사 숀을 만난 월터는 설산의 절경을 찍지 않는 숀에게 왜 사진을 찍지 않느냐고 묻는다. 그 질문에 대한 숀의 대답은 간결하다.

"아름다운 순간을 보면 카메라로 방해받고 싶지 않아. 그저 그 순간 속에 머물고 싶지."

최고의 포토그래퍼가 아름다운 광경 앞에서 셔터를 누르지 않고, 그 모습을 눈에 담는 모습은 가슴을 일렁이게 만든다.

모두 평생 남을 사진은 본래의 얼굴보다 미화시켜 찍는다. '인생 컷' 남기기에 혈안이 되어 있다. 나 또한 지금은 제일 예쁜 모습만을 사진에 남기며, 못났다고 생각하는 사진은 과감하게 지워버린다. 그러나 사진첩에 남겨둔 내가 진짜 나냐고 묻는다면, 그렇다는 대답이 선뜻 나오지 않는다. 예뻐 보이기 위해 미화시킨 사진 속 나의 얼굴에는 어색함이 감돈다.

벚꽃 나무 아래서 찍은 내 사진은 화려하거나 예쁘지 않지만, 자의식 없는 자연스러움이 묻어난다. 그때 나는 지금보다 좀 더 의욕적으로, 하고 싶은 일에 과감하게 뛰어드는 무모함을 갖고 있었다. 상처받을까 봐 위축되거나 몸을 사리지 않았다. 더군다나 그땐 정말 내가 하고 싶었던 일이 분명했으니 확신에 차 있었다. 몸은 힘들어도 마음은 풍요를 누렸을 때니 행복했다.

지나온 시절을 복기하며 향수에 젖어 있는 건 싫었지만, 그가 하는 말이 무엇인지 이해할 수 있었다. 하루하루 되풀이되는 삶을 권태롭게 이어가며 과거의 순수한 의욕과 열정은 사라졌다. 반짝이던 그 시기의 마음은 어디로 갔는지 나조차 알지 못했다.

기억이란 시간과 함께 낡아가기 마련이라 때로는 별것 아닌 일도 아름답게 꾸며낸다. 그 사실을 알면서도 그의 말을 흘려듣지 못한 건 사진 속 내 모습에서 드러난 생기의 상실을 정확히 짚어내 가슴이 저릿했기 때문이다. 나는 모른 척, 지금 내가 훨씬 낫다고 여겼지만, 한편에서는 계산 없이 하고 싶은 일에 뛰어들었던 그 용기와 순수함의 상실을 눈치 채고 있었다.

　오랜만에 다시 그가 말한 그 지점, 내 마음이 흔들린 이유가 무엇인지를 확인하려 사진을 찾아보았다. 치아 교정 전이라 유독 큰 토끼 치아가 눈에 띄지만, 이전처럼 그 모습이 감춰야 할 못난 사진으로 느껴지지 않았다.

　사진 한 장에 담긴 의미는 결코 단순하지 않다. 그 안엔 그 시절에 느꼈던 감정의 파동과 기운이 그대로 담겨 있다. 사진 속 내 얼굴을 유심히 보았다. 편안해 보였다. 계산하지 않는 해맑음과 반듯한 마음을 되돌릴 수 있을까 생각하며 한동안 사진에서 눈을 떼지 못했다.

오랜만에 보게 된 9년 전 사진.
낯선 과거의 나를 조우하는 순간,

여러 생각과 감정이 오갔다.
다시 찾고 싶은 그 시절의 내가 있었다.

그럴 땐 한강으로 간다

~~~~~~~~~

특별한 이유 없이 한강을 좋아한다. 누군가 "어디 갈래요?"라고 물으면, 비가 오거나 천재지변이 일어나는 날을 제외하고 망설임 없이 "한강이요"라고 대답한다. 한강공원마다 조금씩 느낌이 다른데, 제일 자주 가는 곳은 반포한강공원이다. 반포다리 건너편에 우뚝 솟아 있는 남산타워가 정면에서 보이는 자리가 명당이다. 시원한 바람, 잔물결이 일렁이는 강물 그리고 한강 주변에서 여유를 즐기는 사람들. 삼박자가 절묘하게 어우러진 최고의 장소다.

온종일 회사에서 원고를 본 탓에 몸이 찌뿌둥할 때, 집에서 무기력하게 시간을 흘려보내며 인생 왜 사나 싶을 때

탁 트인 강물을 보고 있으면, 이거지 싶다. 왜 진작 나오지 않았나 중얼거리며 평온하게 숨을 내쉰다.

서울이라는 삭막한 도시에서 볼 수 있는 멋진 풍경 중 하나로 한강을 꼽고 싶다. 지방에 살 때 내게 서울의 이미지는 한강과 남산타워였다. 고향으로 향하는 버스 안에서 차창 밖으로 어른거리는 야경을 눈 속에 담으며 묘한 기분에 젖었다. 언젠가 꼭 이곳에서 발붙이고 살겠노라 다짐하곤 했다. 그때 지방에서 사는 게 바쁘게 돌아가는 세상으로부터 동떨어진 둥지처럼 느껴졌다. 화려한 도시 풍경을 보며 산다면, 삶이 훨씬 근사하고 풍요로울 거라 생각했다. 한강은 도시 생활에 대한 동경이 고스란히 담겨 있는 내 꿈의 잔영이었다. 현실의 벽에 부딪혀 한숨이 짙어지거나 아무것도 이루지 못했다고 느낄 땐 꿈의 잔상이 남아 있는 한강을 보러 갔다. 잔잔한 물결과 반짝이는 야경을 보노라면 4년간 이곳에 터전을 잡고 고군분투했던 일들이 되감기를 누른 영화 화면처럼 눈앞에 스쳐갔다.

고향으로 내려가는 버스 안에서 했던 목표와 다짐을 이루기 위해 그간 노력해왔다. 바람이 불더라도 움찔하지 않고 든든히 자리 잡은 나의 삶을 되짚어보면 가슴 한편이 뿌듯하다. 물론 불안감이나 외로움이 밀어닥칠 땐 고향으로 도망치고 싶었다. 어떤 호사를 누리겠다고, 월급의 삼분의 일을 월세로 충당해야 하는 이곳에서 버티고 있는 건지 납득이 안 될 때도 있었다. 그러나 그 시간이 쌓여 지금의 나를 만들었다. 고단한 서울살이지만 나를 위로하는 풍경을 가까운 한강에서 찾을 수 있고, 곁을 내주는 사람들과 함께 만든 추억의 순간이 있으므로 그간의 마음 고생이 가치가 없는 건 아니었다.

지금도 잘하고 있는 걸까 막연한 초조함에 젖을 때면 한강을 찾는다. 때론 걸어서, 또 어떤 때는 자전거를 타고. 바람의 방향을 느끼며 천천히 걷거나 빠르게 내달리면, 어느 순간 고민은 마음먹기에 따라 언제든 툭 털어버릴 수 있는 먼지처럼 여겨진다. 그토록 보고 싶었던 풍경을 눈앞에서 감상할 수 있으니 그리 나쁘지 않은 인생이라고 생각한다. 벤치에 앉아 시원한 탄산수를 마시며 물결을 눈에 담는다. 머리카락을 쓸어 넘기는 바람의 손길도 좋다.

'그래, 내가 이곳에 살고 싶어 했지. 여기서 내가 원하는 걸 이루고 싶다고 다짐했잖아.'

버스를 타고, 수분간 지나치며 봤던 풍경을 시골로 내려가는 버스가 아닌 바로 이곳에서 여유 있게 둘러보며 다리 위로 시선을 옮겼다. 내가 타고 갔던 차와 꼭 닮은 버스가 다리 위를 내달리고 있다. 버스 안 어딘가에 앉아 있을 스무 살의 내가 이곳에 있는 나를 발견하지 않을까 싶어 계속해서 응시했다. 만약 과거의 나를 발견한다면, 말해주고 싶다. 넌 여전히 잘하고 있다고, 꿋꿋하게 잘 버텨내는 네가 대견하다고.

요즘도 머릿속이 복잡할 때면 한강으로 자연히 걸음을 옮긴다. 어제도, 오늘도 언제나 그 자리에 있는 한강을 보고 있으면 마음의 잔재가 사위고, 경건한 마음으로 돌아간다.

지방에 살던 때,
내 꿈은 서울에서 사는 것이었다.

막상 시작한 서울 생활은 낭만적이기보다
경제적 고민과 불안의 연속이었다. 그럴 땐….

탁 트인 한강으로 향했다.
잔잔한 강물과 야경을 보면 힘을 얻었다.

한강에 고민을 털어두고 돌아오는 길,
발걸음이 한결 가벼웠다.

직업으로서의 예술가

내 마음속에는 열쇠고리처럼 작은 꿈 하나가 있다. 당장 다음 달 통장 잔고를 채워줄 일에 집중하는 데 쓰는 시간이 팔 할이더라도, 정작 내가 쓰고 싶은 글은 A4의 반 페이지도 채우지 못하더라도 잘하고 못하고를 떠나 간절히 바라는 꿈을 품고 있다. 이루지 못할 꿈이라면 애초에 꾸지 않는 편이 낫다던가, 현실의 괴로움을 잊기 위한 도피성 꿈은 소용없다는 비난을 듣더라도 상관없다. 포기하지 않는다면 언젠가 실현하거나 근접한 일에 다가갈 수 있으리라 믿는다. 그 믿음이 꽉 막힌 숨통을 트이게 한다.

누군가 어떤 일을 하고 있냐고 물으면 "소설을 쓰고 있어요"라고 말하기가 부끄러웠다. 여전히 직장을 다니고 있고, 누군가에게 번듯하게 내밀 수 있는 '작품'이랄 게 없었으니 작가라고 떳떳하게 말하지 못했다. 원고 기획을 위한 미팅이나 편집자와의 대화에서 그들은 나를 '작가'라 칭했지만, 그 말이 주는 무게감을 감당할 만한 그릇이 되기엔 한참 멀었다고 생각했다. 누군가가 직접 물어보는 게 아니라면 굳이 글을 쓴다고 하거나 글을 쓰는 인생을 평생 살고 싶다는 말은 하지 못했다. 내가 원하는 것을 당당히 말하지 못하는 건 유명하지도 않은 나에겐 '작가'라는 호칭이 과분하게 느껴져 생긴 부담감일 수도 있고, 내뱉은 말을 그대로 성취하여 꾸준히 작품을 써낼 수 있는 작가가 될 수 없을지도 모른다는 불안감일 수도 있다.

무언가를 직업으로 한다는 건 그 일을 통해 일정 수준의 경제적인 소득을 얻을 수 있어야 하며 물질적 가치를 만들어내지 못하는 건 직업이라 볼 수 없다고 여겼다. 취미로 쓰는 글이 아닌 수입이 생기는 글을 쓰고 싶었고, 고유명사로 내 글이 브랜드화되는 것을 막연히 꿈꿨다. 꾸준히 글을 쓰며 가시적인 결과물을 만들었을 때 '작가'로 인정받을 수 있다고 여기며 자신의 부족한 재능을 질책하기 바빴다. 이건 내가 갖고 있는 기준점이자 허들이었다. 그 기준에 도달한 뒤에 누군가 내게 또다시 어떤 일을 하는지 묻는다면 "글을 쓰는 작가입니다"라고 떳떳하게 말할 수 있을 것만 같았다.

누군가 인정하지 않으면 무용하다고 치부해버리는 건 꿈꾸는 자아를 좀 먹는 일이다. 하고 싶은 일을 해나가기 위해서는 내가 몸담은 현재의 시간 안에서 계속해서 해나가는 꾸준함이 필요하다. 한철이 다 가도록 가지 끝에 끈덕지게 붙어 있는 늦잎처럼 지지 않고 계속해서 해나가는 힘이 얼마나 소중한 것인지 다시금 느낀다. 나는 내가 쓴 글이 팔리지 못하는 지루한 텍스트로 평가받는 게 두려웠다. 타자의 평가로 '작가'라는 직함을 부여받을 수 있다고 여겼으니 나는 여전히 '작가'가 아닌 '작가 지망생'일 뿐이었다. 내가 나를 작가로 인정하는 건 중요하지 않으며 내 글이 작품으로 인정받기 위해서는 사람들의 관심이 반드시 필요했다.

타인의 인정이 곧 나를 작가로 만들고, 내가 쓴 글을 작품으로 만든다고 믿어온 내게 영화 〈패터슨〉은 진정한 예술가가 무엇인지에 대한 정의를 되짚어볼 수 있는 기회를 건넸다.

〈패터슨〉에 등장하는 패터슨은 버스 기사로 일을 하면서도 일과를 마치고 집으로 돌아가는 길에, 아내가 만든 도시락을 먹거나 반려견을 산책시킬 때조차 짧은 시구절을 떠올린다. 스쳐 지나간 생각의 끄트머리도 흘려보내지 않고 노트에 적어 내려간다. 이렇다 할 만한 특별한 일이 없는 일상에서도 시를 적어 내려가는 그는 등단하지도, 책을 낸 작가도 아니지만 자신만의 시를 계속해서 써 내려간다. 아름다운 문장을 떠올리고 쓰는 행위가 일상이 된 그는 이미 시인이었다. 시가 녹아든 패터슨의 삶을 보며 누군가 내 글을 '작품'이라고 여기고 인정해주어야만 작가가 될 수 있다고 생각했던 관념에 균열이 일었다. 나 또한 패터슨처럼 내면을 지탱해주는 문장을 쓰고 사유한다. 나를 제일 나답게 만들어주는 글쓰기를 꾸준히 해나가는 것만으로도 난 이미 작가라고 할 수 있다. 베스트셀러 작품을 썼느냐, 등단했느냐가 중요한 기준이 되지 않으며 글쓰기를 사랑하고 계속해나가는 것만으로도 이미 작가적 자질이 충분하다고 볼 수 있다. 패터슨의 시적인 일상이 내게 그러한 위로를 건넸다.

나는 나만의 글을 쓰고, 내 생각을 계속해서 그리기를 간절히 바란다. 내가 나일 수 있을 때 만들어낼 수 있는 무언가를 꾸준히 그리고 써나가는 것. 그 영역을 본인만의 방식으로 넓혀갔을 때에 진정한 예술가가 될 수 있을 것이다. 누군가 내가 어떤 꿈을 갖고 있냐고 다시 묻는다면, 빈 노트를 나의 이야기로 빼곡하게 채울 수 있는 예술가라고 답할 것이다.

누군가 인정하지 않더라도
매일 쓰고 그리며

날마다 생각하며 관찰하는 나는….

이미 예술가인지도 모른다.

나라는 흔적이 이렇게 남았다

어렸을 때부터 책은 내게 큰 위로였다. 책장 어딘가에 깊숙이 꽂혀 있는 책을 꺼내 찬찬히 읽어 내려가면 마음이 고요해졌다. 재밌게 읽었던 소설은 에쿠니 가오리의 『반짝반짝 빛나는』. 가볍지만 공허하지 않고, 진지하지만 심각하지 않은 문체가 술술 읽어 내려가기 좋았다. 누가 읽어도 에쿠니 가오리의 문장이란 사실을 알 수 있는 유려한 문체는 매료되기에 충분했다. 이렇게 첫 줄부터 운명처럼 몰입하여 손에서 놓을 수 없는 책을 발견하면 그건 책과 사랑에 빠진 순간이라 하겠다. 운명적 사랑을 느낄 만큼 매력적인 글을 쓰는 작가들이 내 눈엔 영험한 마법사처럼 보였다.

글을 통해 작가의 민낯이나 그림자를 들여다보는 일은 새로운 세계와 조우하는 경험이다. 나도 그러한 세계를 만들 수 있는 사람이 되기를 오래도록 소망했다.

무언가를 꾸준히 써 내려가는 게 삶의 일부가 되고, 내가 쓴 한 줄의 문장이 읽는 이에게 크고 작은 의미로 흔적을 남기는 일은 꽤 멋지고 근사하다. 그러나 글을 쓴다는 건 쉽지 않았고, 내가 쓴 글에 힘이 있는지, 감동이 있는지에 대한 확신이 없었다. 나는 자신에 대해 지나치리만큼 회의적인 태도를 고수했다. 글 쓰는 재능이 없다는 불안과 우울 속에서 타인과 나를 비교하고, 생활적인 면과 꿈 사이의 간극 속에서 무기력을 반복했다.

그럼에도 불구하고 글을 쓸 수 있었던 건 꾸준함의 힘을 믿었기 때문이다. 완벽한 문장을 쓸 수 있는 경지에 이르기까지 단련하는 것보다 중요한 건 실패한 완성작을 만들어내는 부지런함이라 생각했다. 꾸준히 글을 쓰겠다는 자신과의 약속을 지키기 위해 브런치에 연재를 시작했다. 큰 기대 없이 쓰기 시작한 글들이 점차 쌓였고 구독자도 늘어났다. 계속 써나가는 게 의미가 있을지에 대한 불확실함을 느낄 때도 있었지만 내 글을 읽어주는 누군가가 있다는 사실이 글쓰기에 대한 책임감을 갖게 했다. 한 사람이라도 나의 글을 기다려주는 사람이 있다는 사실은 포기하지 않고 글을 쓰는 원동력이 되었다.

그래서 이 에세이는 내가 글을 쓸 이유를 만들어준 소중한 계기이며 열병처럼 고민하고 앓았던 시절의 흔적이다.

끝으로 브런치에 연재했던 글이 책으로 탄생할 수 있도록 내 글을 애정을 갖고 봐준 모든 이들에게 감사의 말을 전한다.

나는 나에게
좋은 사람이고 싶어

초판 1쇄 발행 2021년 9월 30일
초판 6쇄 발행 2021년 11월 15일

지은이 라비니야

편집인 이기웅
책임편집 주소림
편집 안희주, 양수인, 김혜영, 한의진
디자인 김은영
책임마케팅 정재훈, 김서연, 김예진, 박시온, 김지원, 류지현
마케팅 유인철
경영지원 김희애, 최선화
제작 제이오

펴낸이 유귀선
펴낸곳 ㈜바이포엠
출판등록 제2020-000145호(2020년 6월 10일)
주소 서울시 강남구 테헤란로 332, 에이치제이타워 20층
이메일 odr@studioodr.com

ISBN 979-11-91043-43-3 (03810)

스튜디오오드리는 ㈜바이포엠의 출판브랜드입니다.